Sophia Lunra Schnack

feuchtes holz

Roman

Sophia Lunra Schnack

feuchtes holz

Roman

OTTO MÜLLER VERLAG

Die Drucklegung dieses Buches wurde gefördert
von den Kulturabteilungen der Stadt Wien (Literatur)
sowie Stadt und Land Salzburg.

www.omvs.at
ISBN 978-3-7013-1308-2

Lektorat: Christine Rechberger
Gestaltung: wir sind artisten
Coverbild: Aquarell von Susanne Krammer
Umschlag: Leopold Fellinger
Druck und Bindung: FINIDR s.r.o. (Český Těšín)

Für meine Großeltern.

einlaufen

generationen und gegenwart

Es ist ein Abfahren mit verinnerlichter Strecke, mit vorgezeichneten Freuden. Eine nach der anderen zählen, überprüfen, die vorbeiziehende Landschaft: ob alles noch da, dasselbe Empfinden.

Es ist ein Vorbeifahren an Generationen der Urgroßmutter, ob sie die Uferpromenade oft gegangen, am funkelnden Fluss. Ein Vorbeifahren an Kriegsjahren der Großmutter, des Großvaters: ob sie hier einsam. Es ist an ihnen vorbeifahren, wenn aus den Feldern der aufsteigende Dampf. Wenn ab dem Umsteigen der *Cut* im Gefühl. Wenn jede Kurve vertrauter, der Blick pendelt, hüpft: zwischen Fenstern nichts versäumen. Es ist an ihnen vorbeifahren in wachsender Unruhe, wenn die Gleise direkt am Wasser. Wenn der Wagon sich neigt über Autos, deren Lenkbewegung du kennst. Sich neigt über Schwäne, über durchlässige Eiswellen am Strand. Wenn du dich freust über den leeren, bummelnden Zug, wenn du suchst nach Bergen vergangener Sommer: kannst immer besser benennen, immer mehr kribbeln gegangene Wege in dir.

Es ist an Generationen vorbeigleiten, wenn die Fetzenweiber einsteigen in den Zug, singend aus zerrissenen Kleidern, ihrer Fahne, mit Faschingskrapfen, die sie verschenken. An ihnen vorbeigleiten, wenn durch das Fenster zum ersten Mal der Hausberg, seine angezuckerte Wand. Nur kurz, dann die schmäler werdende Trasse. Es ist an ihnen vorbeigleiten, wenn sich der Fels drängt in die Scheiben, wenn niemand aussteigt in der salzigen Stadt. Niemand, um mit dem Boot überzusetzen, niemand, um in die Eishöhlen zu gehen. Siehst beim Vorbeifahren eure Besuche hier immer bei schnürlendem Regen. Siehst an vorbeiziehenden Stränden dein schärferes Schauen, dein gewachsenes Erinnern, übermalt jedes Mal eure Jahre. Es ist an ihnen vorbeifahren, wenn dein Blick immer schneller spulende Filme streift. Spulende Filme aus wartenden Stellen bis es, immer plötzlich, nur mehr ein Sprung.

Bis deine Augen eurer Fußstrecke folgen, dem Großvater am Bach, seinen gleichmäßigen Schritten. Bis du beim Anziehen am Zugfenster pickst, das nicht geöffnete Buch, die nicht gelesene Zeitung wieder in die Tasche legst. Bis selbstredend das Durchsagen der Haltestelle, eine Stimme fast dir allein. Steigst als Einzige aus dem Zug, vor das isoliert stehende Bahnhofsgebäude. Dabei strömt er in dich, der klare, schneidende Geruch nach sofortigem, wie vergessenem Ankommen. Nach einem Mischen von Erde, Eisen, transparentem Atem.

Gehst über die beiden Gleise zum Vorplatz, prüfst die immer gleich bleibenden Schilder zu wandernder Wege, prüfst die unveränderten Zeiten des Busses. Hältst dich beim Warten an das empfangende Rauschen des Baches, um angestauten Lärm, sein Freiwerden zu bremsen. Wie ein Klopfen diese Stille
überfordert
wie ein tropfen von schnee
auf bergen
wie ein knall von licht
dich weitet

Im Bus wie jedes Mal dein Zittern um das alte Ortschild mit der Kutsche: „Willkommen im Luftkurort", ist noch da wie der Wunsch dich zu kennen, wenn du dem Busfahrer deinen Ausstieg nennst. Mit dem Zuschieben der Bustür fällt das Bild ab, immer am Rücken, zum Schlafen: jetzt, in direktem Einfließen zu dir. Blinzelst nach dem Zuschieben der Bustür in Formen, von der jede einzelne dein Aufwachsen wirft. Hältst dich an das Summen, immer stärker, nach örtlichem Klingen: zu jedem Gebäude eure Gesichter. Kein Suchen, nur Nachgehen, automatisch, von Gassen, zwischen Bäumen, deren Konturen du im Sommer, im Winter kennst. Siehst auf jetzt kahlen Februarlärchen noch orangene Nadeln des Oktober, denkst auf ihren hölzernen Armen schon grünen Julisaum.

Es ist ein Ankommen zwischen Menschen, die sich erinnern, die fragen zum Haus deines Kindseins. Die fragen zum Haus, das nicht mehr steht, dem du nachjagst: mit jedem Besuch wie ein Hoffen auf Gegenwart. Wieder umfängt dich das Betreten einer fremden Veranda. Umfängt dich ihre erste Wärme, wieder stockt dein Greifen auf eine fremde Klinke: wie eure damals, die verschmolzene. Siehst wie auch hier die Stiegen hinauf mit grünem Gummi geklammert. Ihr Knarren wie oben, also wie damals bei euch. Wie oben die trockenen Sträucher von Spalierrosen. Nur hier: junges Holz, das weiterströmt aus Zirben.

Wie immer als erstes dein Aufreißen der Fenster für
Geruch tauender Kälte
für quellendes laufen des baches
für sonne durchs zimmer

fernes aufheulen von motorsägen
spiegelt dein öffnen als kind
jeden morgen

dein öffnen als kind
jeden morgen
von doppelten flügeln

zwischen ihnen
einrasten
haltender stangen

feuchtes holz

Dieses erste Laufen um den See
ist ein Abstecken von Pflichtpunkten des Erinnerns,
Einlaufen in Gefühle von Geborgenheit,
Gerüche von Kindsein:
an jeder ecke ein hängen gebliebener
bleibender
bilder

auf winterständen wo über kiesbuchten sonst
weiß stechende hitze jetzt
weiß leuchtender frost
wo zehen über kieseln sonst luftküsse
knabbern
liegt windstiller
schnee

über gefrorenes wasser schneekugeln die
gleiten in spiegelnde berge
gleiten wie deine tempi im sommer
durch doppelte
felsen

suchst die stelle vom stein der trocknet
findest ragende
fremde heraus
flocken aus gebrochenem eis
ihre zungen in wellen ruhender ufer
darüber flügelschlagen
schwarz

folgst getrennten formen die
ineinander greifen
enten die kräuseln über funkelnde fläche
durch silbernes glas
treiben blätter des vorigen
jahres über verhallende
sprünge entferntes
auflachen

dieses erste laufen um den see
ist einlaufen abseits von tempo
in festgehaltene zeit
festgehaltenen raum
wie eine sackgasse durch die du nicht fahren
in der du nur halten
irgendwann umdrehen kannst
vielleicht

gehst über die brücke der seewiese ihr
feuchtes holz
das in dich schießt wie schon einmal das
feuchte holz der fischerhütte dich
direkt zum zaun des großvaters
geleitet
zu seinen hervorstehenden spänen
ihrem langsamen trocknen
nach regen

durch das feuchte holz der brücke
erlegt dich geruch nach handtüchern der großmutter
den frisch gewaschenen in
die du dich gewickelt
in ihnen der immer nasse boden um
die hintere dusche zum waldrand
die nachtropfte
außer ihr niemand mochte
durch das feuchte holz der brücke
siehst du sie wieder
ihre nassen badeanzüge
wie sie hängen auf der wäscheleine vorm haus
wie sie tropfen von hölzernen
kluppen

durch das feuchte holz der brücke
in deinen waden das steigen von regentagen
des großvaters
seinen auwassergrünen gummistiefeln
seinem lodenen wetterfleck
wie das moos die flechten dann rochen
wie die veranda nach
triefendem
holz

dagegen der warme geruch nach trockenen
phasen wie
nach erst aufgeschnittenen stämmen
fast wie im ofen
nach krachenden
semmeln

dieses erste laufen um den see
ist einlaufen in erinnerungen eines hauses
in seine gerüche
die du im nachhinein
filterst
wie im nachhinein
wahrnimmst

also nach unbewusstem speichern des
körpers der
poren
vom geruch des schotters am schulweg
des häferls am brunnen
nach jahrzehnten
zerbrochen

läufst dich ein als gelber paragleiter
voller stunden
über hauchdünnem eis
in das nebeneinander von saisonen
von schmelzendem schnee
schüchternen blüten

hörst die stimme der großmutter
wie herzig die palmkatzerln die erste
nahrung der bienen: nicht pfücken
pflückst sie doch

greifst glanz auf deinen augen
deinen wangen
vor gesichtern dieser landschaft
vor so vielen jahren
so vielen geschichten

in der sonne am fels die
ersten strahlen
lichtwellen über geschlossene
lider
streichen über deine erstickte
erstickende haut

bei deinen füßen ein pfirsichkern wie stein:
ob alle kiesel vor vielen sommern
obstkerne
gewesen

übernimmst das treiben der eisplatte
ihr großes brechen der länge nach
über den see richtung
mündung des flusses ihr
zischen wie das
zischen feiner tücher unter
zehen auf und ab in
uferwellen

fließt ein in wölbungen des felsens
schmiegst dich an seine form
hörst wie neben dir
stimmen vom anderen ufer vom
rudern des kajaks rot
wie es bricht durch eisstücke
am strand

wie du sonst filterst nur das unmittelbare
jetzt alles nimmst
dass es geht an nichts zu denken sich
laufen zu
lassen
immer wieder glaubst du zu müssen
beginnst die schleifen
brichst wieder aus

brichst wieder aus durch dein trinken
von februarwasser aus
der quelle zum see dessen wasser
vortäuscht gleich zu
bleiben

hörst an der bucht mit der kiefer die
sich über dich neigt
an der bucht die der großvater die
japanische genannt
hörst wie jede regung des körpers an
kieseln reibt
auf denen als junger mann
auch er gesessen

siehst dieselben wege ins wasser
über spitze steine seine
plastiksandalen
darüber derselbe pflanzenstaub
derselbe schaum aus
grünen nadeln

wunderst dich dass sich unter deiner haut
ein stein verschiebt
denkst dass kiefer und steine noch hier
bei deinem nächsten besuch
an ihnen menschen die nicht mehr sind
an ihnen haften
überdauern generationen die
kommen

diese schichten von stille
erlegen dich
gehst weiter vorbei am boot
pausierend hinter schilf
vorbei an der bucht zu der die großeltern
im alter gefahren
um nur kurz hineinzusteigen

um sich nur schnell abzukühlen
gleich gegenüber der frau die hundeporträts malt
gleich bei ihrem haus mit wuchernden blumen
wo wasser von see und
abfließender traun
besonders kalt
mischen

jetzt sind es schon über drei jahre am friedhof
dessen blumen von schnee verdeckt
seitdem suchst du noch mehr zwischen
steinen der seewiese
verrunzelten obstbäumen
ihren struppigen armen
noch mehr zwischen trockenen rinden
streichen von fensterläden
flechten auf zäunen

seitdem siehst du beim einkauf
vertraute gesichter
suchst die joghurts wie aus dem korb der
großmutter
kaufst ihren duft ihren balsam mit
arnika für ihre muskeln
ihre zu dünne
haut

durch dasselbe weiterwandern von jahren
eure gleichbleibende distanz
die frau an der kassa noch dieselbe
die ehemalige nachbarin beim bäcker
nicht mehr hier

und trotzdem
ihre festgefahrenen kombinationen
von honigmandelschnitten und leinsamenweckerln
zum bähen im ofen
mit einrinnender butter unter
marmelade der großmutter
ihren zerfließenden
marillen
jetzt sind sie nicht mehr
von ihr

dieses erste laufen um den see
ist einschaukeln
zurückkehren von rhythmik
auswaschen von sehnsucht
ein übernehmen von gewohnheiten des großvaters
zum beispiel seines krachbrots am abend mit
gut streichfähiger butter unter
schichten aus salz

es ist ein hineinlegen ins frische bett
wie damals ein neues beginnen von
unverwendetem von
ordnung
ein seichtes schlafen vor fehlenden
geräuschen
kein ablenken von fehlendem
funktionieren

wie die kälte vom boden in dich
zieht
wie sie dich führt zu eurem flur
zum pfeifenden zwerg hinterm bad
wie sie dich zieht in kindlich
frierende
nacht

pantoffel und mystifikationen

beim aufwachen dein blinzeln auf
vorhänge wieder und
wieder
dein öffnen der doppelten
fenster

dumpfes klopfen von rasenmähern
leitet dich von überall
hierher
hallt jetzt
direkt vor dir

köcheln von kaffee wie
zum ersten mal
dehnen und cremen den
körper
kultivieren für das
schreiben

verdichten der gestrigen notizen:
wie sich alles wiederholt auf
denselben hängen
der filmende vater rückwärts
beim pflugfahren
sein kind

tiefverschneite tannenspitzen unter
blauem himmel
das hast du so gern
jetzt ihr dunkles
grün

gehst langsam hinauf
über eure immer gefahrene
strecke
über euer einbiegen zum
haus

dein zurückschlagen der arme am rücken
erschrickst vor dieser haltung des
großvaters
verinnerlicht in deinen schultern
der jacke mit zeigefinger durch
schlaufe

gehst vorbei
an schneeglöckchen in gärten
wie sie ohne euch weiter
gewachsen

sie ist gestorben
die nachbarin von oben
derselbe jahrgang wie die großmutter
die nachbarin mit den dauergewellten
haaren gleich neben euch
beim zu ende gehen des weges

mit dem sterben der nachbarin die
letzte fassbare beziehung des hauses
mit ihr die geschichte dreier
generationen
ihr gemeinsames wandern dein
holen warmer milch
ein mähen längst zugewachsener
wiesen

ein riss aus illusionen aus
bleibendem
umso mehr eilt geiz um
den ort von kindsein der
ohne dich
wie nicht weiter existiert
nichts neues erträgt
kein überlagern

aufgehängt an einem fixen bild
dein alter wie stehen
geblieben
jetzt erschrecken beim nachzählen
berechnen
von jahren

dein besitzergreifendes krampfen
gegen sich wandelnde
zeichen
veränderungen die hier
geschlossene zeit bedeuten
einen kleinen tod

dringst wie anonym ein
fühlst dich fremd
an der mauer der gestorbenen nachbarin
fühlst dich fremd
bei ihrem haus mit den vertrockneten
sternen aus rosen
ihren zugebundenen
sträuchern

in dich rattern filme ihrer
roten katze mit struppigem fell
wie sie hineinwollte nicht durfte
in dich rattert der geruch immer nach
warmer küche nach braten
rattern bilder in der ecke
von ihren kindern
ihrem verstorbenen sohn adolf
aus einer anderen realität

in dich rattert ihr abgetragenes dirndl
die schürze gebunden über
wölbendem bauch
rattern ihre zu großen pantoffel aus
holz vor der tür

hörst ihr lachen aus falten
immer stiller
ihr nicken und schweigen
dein klammern an die kinder
an ihre tochter die du kennst
erkennt dich
nicht

stattdessen zwitschern durch
geruch von stall
dein fragen
wann muss das gewesen sein
das neugeborene kalb
ihr letztes treiben der kühe
auf die alm

siehst eure besuche am vormittag den
schnaps jedes mal ihre
träne wenn
ihr von bergwiesen erzählt dann
euer wechseln des themas
ihr leuchten

jetzt leer um das haus
als würde sich spiegeln am platz
die bank auf der sie nicht mehr wartet
als würde sich spiegeln
der balkon auf dem ihre mutter
noch länger
nicht mehr sitzt

schaust auf die tür die immer offen
jetzt sicher verschlossen
ein drücken der klinke würde es
bestätigen
du probierst es nicht aus

kein spontanes hineingehen
vielleicht auch nie wieder
denkst an den gang mit der steilen
stiege
ihre mauer entlang die porträts der
familie die
geweihe

was geschieht mit den verlassenen
bäumen mit der pause
rundherum
auf ihnen noch ihre stimme
recht host jo genau
so lang ma aufmog in da fruah

ist alles schon weg
getragen oder
sammeln die kinder
verrücken sie keine objekte um
ihre berührungen
ihre abdrücke zu
speichern

auf der anderen seite des hauses
die gekippten fenster
denkst dass es eine geste
vielleicht von
lebendigkeit

nimmst einen stein wie
damals von eurer kastanie
ein stück rinde
plötzlich das vorbeifahrende moped
reißt dich
sein blick
scheucht dich auf

nicht alles ohne grenzen
ohne skrupel
suchen
zwischen zeilen nicht
über intimität der anderen
hinweg

gehst also weiter den weg über
fliegende gräser über
eingetretenes heu fest gewordene erde
die wie jenseits von dir
aus kuhhufen
gefallen

gehst weiter die strecke die
als kind so lang
die du hin und her
in der nacht mit der freundin
um einander zu begleiten
hin und her
jetzt ist sie so kurz

das richtige tempo finden beim gehen
zu schnell verdrängst
verhinderst du
zu langsam überrennen dich
alltägliche
schlaufen

austreten aus der angst vor
dem ende einer
zeit wie vor
dem ende einer
liebe

immer dein suchen dein
formen
einer möglichst perfekten
geschichte im
realen im
fiktiven

einer geschichte
mit deren rhythmen du spielst
deren ende du nicht kennst
von dem du nur weißt
dass es kommt
und doch beginnst du
immer wieder

beginnst immer wieder
eine neue geschichte die nichts ahnt
von allen geschichten davor
die jedes mal glaubt
die erste zu sein

beginnst immer wieder mit diesen extremen
es kann auch der schnee sein
wenn er leuchtet im wald
es können auch die hüllen sein von buchen
auf ihnen das huschen einer maus
das rascheln eines trockenen blattes
wenn es der hauch deiner
schritte vom boden
hebt

gehst weiter den weg
zur verwunschenen ruine
die zwischen moosbedeckten steinen
hervorstehenden wurzeln
wie nattern
darüber

wurzeln wie nattern die
erregen
verzaubern
langsam in mystifikationen
gleiten

hinter dem harzigen duft gefällter tannen
dein kindliches wahrnehmen
dein späteres zuordnen der zunge
eurer pausen mit salzigen
semmeln

sitzt wie damals vor der ruine
in der unschuldig verurteilte
über jahrhunderte weiter
rumort
die deshalb niemand erworben
die zerfallen bis fast
nichts mehr da

auf der wiese der spuk des reiters
steigst in abdrücke von schuhen
vielleicht eines verurteilten
bevor er rumorte

kommst durch lichtspiele am waldboden
durch lange schatten von stämmen
am schnee
kommst durch sie zur wiese
auf der ihr den korb
voller schwammerl
gefüllt

siehst wie der großvater sich entfernt
immer weiter vom weg
nicht beachtet
das sorgen der großmutter vor
einbrechender
nacht

beim zurückgehen in den ort
rieselt dein blick in fremde veranden
auf einer hängenden blechpfanne
klingt dein
schlagen auf den
gong
drei mal durch das vorzimmer
für den großvater
wenn das essen bereit
gleichzeitig jeden samstag zur
sirene der feuerwehr

mit dem reißen des hauses
eine ganze epoche an
tastbarem aus
morschem holz

mit den gefällten bäumen
ein abwürgen von
greifbarem
ein stoppen von
zirkulieren

mit den ausgerissenen stauden
von ribiseln
ein schneiden

durch frisch gepressten saft
der großmutter
dickflüssig

rot
rinnt aus lippen
sickert

unter poren sein
klammern

stickige verstrickungen

er ist wie vor dir
wie unter deinen zehen
dieser dunkelgrüne boden des
vorzimmers

er strömt wie vor dir
wie unter deiner nase
sein kalter geruch nach
feuchter mauer

der tisch gleich beim eingang
mit großem feldstecher
schwarz

der bleiche stoff weiter hinten
der d u r c h g e s e s s e n e n bank
zum schuhe binden vor
verdunkelndem spiegel der
kleine bräunliche kamm die
rote taschenlampe mit
braunem tesaband
rundherum die
zerfallen die
niemand
ersetzt
seit

neunzehnhundertvierundvierzig in der Stadt alles zerbombt. Seitdem durfte man die Taschenlampe nicht ersetzen. Seitdem die Urgroßeltern mit ihren Söhnen, mit den Zwillingen, in das Haus geflüchtet. In das Haus, das thront über dem See. In das Haus, das thront am Waldrand, mit der schon neunzehnhundertvierundvierzig markanten, mit der schon neunzehnhundertvierundvierzig uralten Kastanie. Seit neunzehnhundertfünfundvierzig die Familienwohnung des Urgroßvaters abgebrannt, gerade noch, am allerletzten Kampftag. Seitdem durfte man die Taschenlampe mit dem Tesaband rundherum nicht ersetzen. Seitdem ein Menschenleben nichts mehr war gegen das Leben, das Überleben, über Generationen, dieser Kastanie. Seitdem sie hierher, in den abgelegenen Ort, in dem alle Villen von Juden entleert, gesäubert. Von dem aus weiter transportiert, abtransportiert wurde. Zwischen Gletscherzunge und Habichtskauz.

Angeblich hat der Urgroßvater abgelehnt. Verweigert, als das übliche kam: das übliche Angebot, eine der entrümpelten Villen zu beziehen. Das übliche Angebot, ihre Räume zu arisieren. Zwischen Loser und Sarstein das Gesicht zu wandeln.

Beim Gehen über Wiesenwege deiner Kindheit siehst du es jetzt, dieses *erst recht*. Also nicht den Gegensatz, sondern dass hier *erst recht*, in dieser Idylle, die ideale Kulisse für Volkstum und Heimattreue. Dass hier wie gerufen das Brauchtum, missbrauchend gepflegt. Erst recht von der Kraft-durch-Freude-Bewegung. Zunächst noch der Widerstand, der Widerstand eines überlaufenden Fasses. Hitler, aufs Korn genommen. Aufs Korn genommen mit Kostümen aus Krepppapier, mit Hüten aus Rinde, mit hobelscharte-nen Locken, mit Kochlöffeln und Besen als Waffen. Dann immer schneller das Überrollen, das Überrollen von dörflichen Anzeigen zum Darmbluten, zum Terror in elenden Gassen.

Im Krieg, heißt es, zwischen Dachstein und Loser, färbt sich langsam rosa, im Krieg, heißt es, kann *Carneval nicht das Szepter führen.*

Angeblich hat der Urgroßvater abgelehnt. Angeblich hat er sich verweigert gegen die Bonzen. Du fragst: hätte man es dir sonst gesagt?

Angeblich nahm er das Haus eines Bauern. Du hast das Bild vor dir. Das Foto in schwarz
weiß
hast das bild vor dir
von der sonnenverbrannten fassade
von ihren verbogenen holz-
brettern
extremen witterungen
exponiert
auf dem gebogenen papier des
fotos
die urgroßmutter mit dem
urgroßvater
sie stehen und winken in
schwarz
weiß

wie nach ihnen der großvater
mit der großmutter
stehen und winken in
farbe

winken mit flatterndem
taschentuch
wenn du eingebogen
mit dem vater
wenn ihr abgefahren

vielleicht ist dieses foto in
schwarz
weiß
geschossen vom großvater
kurz nach dem krieg
als er schon wusste dass
sein bruder
gefallen

gefallen vom dicksten ast der
kastanie
auf dem sie vorm einrücken beide
gesessen angstlos
lachend

Gefallen in Treue ergeben zu Hitler, stand auf dem Brief mit dem Reichsstempel,
den der Postbote überreichte der Urgroßmutter.
der mutter vorm haus
mit der katze
am arm

Seine Eltern hatten es dem Großvater nicht überbracht. Dem Bruder des Gefallenen nicht gesendet in die amerikanische Gefangenschaft. Erst als der Großvater zurückkam, zum Haus, zur Kastanie, dann seinen Bruder
nicht fand

seitdem das schwarz gerahmte
foto
auf dem regal oben im
eck
seitdem die trockene rose langsam
verblassend
vor dem neunzehnjährigen mann
seinen blonden wellen
blauen augen

vor seinem melancholischen blick
den du nicht kanntest
du immer
fixiert

Seit Kurzem spricht sie, die Großmutter, spricht in Fetzen. Immer wieder dieselben Szenen, immer wieder, die sich formen zu klaren Ausschnitten, zu einzelnen, abgehackten, überdeutlichen Bildern. Erzählt, dass nur die Mutter die Zwillinge auseinandergehalten. Die bei Bologna für immer getrennten Brüder. Nur die Mutter kannte die Merkmale, die Muttermale, die den in Ungarn Gefallenen vom Großvater unterschieden. Nur sie kannte die abweichenden Formen, für sie so klar, was für andere unsichtbar. Dass er das nicht verstand, scherzte manchmal der Großvater. Also warum niemand ihn und seinen Bruder auseinandergehalten. Dass er seinen Bruder von hinten erkannt.

Nur die Mutter hatte ertastet, blind, die Konturen des verlorenen Körpers. Dessen Name golden graviert, unter so vielen anderen golden gravierten Namen, in die Tafel der Gefallenen. Der Gefallenen des Ortes, deren Körper anderswo verstummt. Später war die Mutter nie am Soldatengrab in Pécs. Nie am leeren Grab, mit dem falschen Geburtsdatum ihres Sohnes. Sein Sterbedatum, unverrückt. Sein Soldatengrab, dessen Stelle auch der Großvater, suchend, nie gefunden haben wird. Es blieb für die Mutter, den Vater, den Bruder ein substanzloses Erinnern am Grabstein des Friedhofs am See. Nur: *in Gedenken an* ... Nur: ein
nie abgeschlossenes scheiden
eines körperlos
ortlos nie
ruhenden

Wo ist mein Bruder?
fragte der Großvater in seine letzten Wochen hinein. Als er seine Kontrolle verloren. In seinen letzten Oktoberwochen, plötzlich, das Sprudeln dieser innigen Liebe. Dieser innigen Liebe zu seinem Bruder, der immer eine

Silhouette geblieben. Seinem Bruder galten die letzten Fragen des Großvaters, sein Zurücksteigen in ein verständnisloses Kindsein.

Bloß, dass es ihm noch *recht gut ergangen, drüben*. Damit meinte der Großvater Amerika, seine Gefangenschaft. Bloß: *viel besser als euch hier*. Mehr hat er nie erzählt.
Immer wieder in seinen
gesten in seinen
augen die
toten

immer wieder
wie er vor seinen eigenen

h ä n d e n
erschrak

eine zeit die nicht deine die du
gespürt
aus weitergegebenem
schweigen
abgewürgtem empfinden
übertragenen
trennungen
aus trennungen in die hinein
die großmutter jetzt
bricht

in die hinein sie
immer wieder bricht, dass sie vorbeigegangen mit ihrer Mutter an den Buben im Baum. Dass die beiden so mitten im Krieg vom Ast frech grinsend heruntergeschaut. Dass wenige Jahre später nur mehr der eine, ihr zukünftiger Mann, und dass er nicht mehr am Ast sondern
auf der bank
darunter
gesessen

statt angstlos
lachend

aus leere
starrend

Jetzt bricht sie, erzählt sie immer wieder, die Großmutter, dass sie im Sommer neunzehnhundertneununddreißig das erste Mal hierhergekommen zum See. Mit ihrer Mutter und dem Maler Hans Frank. Dass sie im Haus Nummer 19 gewohnt. Dass sie es geteilt mit Deutschen aus Schweinfurt. Dass unter den vorbeimarschierenden Soldaten die Verehrer ihrer älteren Schwestern. Dass sie sich vorm Stall getroffen. Dass die Großmutter als Jüngste derweil die Schweine gefüttert mit Pletschen.

Du willst es finden dieses Haus Nummer 19. Stapfst durch härter werdenden Schnee, stapfst Abendröte entgegen. Eis überzieht deine Zehen. Wieder: einen Ort, seinen Körper, nicht finden, denkst du. Heimkehren müssen. Trotzdem heimkehren: es Nacht über ihm, seinem Fehlen, werden lassen. Stehst vor der Eingangstür, um deine Schneesohlen abzuklopfen. Deine Augen wandern, nicht mehr suchend. Überfliegen: 19.

Dass es hier war, ausgerechnet hier, also in dieser Veranda, durch die du jetzt gehst. Wie du unbewusst, noch mehr unterbewusst, deine Schritte in die ihren gesetzt. Achtzig Jahre nach der Großmutter, ihrer Mutter und dem Maler Hans Frank. Wie du unbewusst, noch mehr unterbewusst, dieselben Stiegen gewählt. Dieselben Stiegen, um dasselbe Knarren zu hören. Dasselbe Knarren wie sie.

Erzählt, dass sie neunzehnhundertdreiundvierzig verschickt aus der Stadt. Mit ihren Schwestern zu Verwandten nach Gmunden, zum benachbarten See. Zunächst am Kirchplatz Nummer 1, in das kleine Zimmer, in dem sie zu viert geschlafen. Unter dem Esstisch, ineinandergreifend. Dann in der Salzfertigergasse Nummer 3. Dass immer der notwendige Vorrat zu Hause. Der notwendige vorrat an
tabletten
für den notfall um schnell zu
sterben
bei bedarf
auf abruf

Dass kurz nach dem Krieg die Schwester nicht gehört. Dass sie die eine Strecke mit dem Rad durch die Schlucht – lange umschrieb die Großmutter. Sie wäre *verunglückt*. Jetzt spricht sie es aus, flüsternd den Kopf zum Teppich. Die *Vergewaltigung*. Das Veronal, den Selbstmord danach.

Dass es damals zu spät gekommen, das Auspumpen des Magens. Das Auspumpen des Magens der Schwester. Dass dann die Großmutter, gerade sechzehn, mit dem Verlobten ihrer Schwester gefahren, mit der Leiche im Anhänger, gefahren die Kurven über die Bergstraßen, schaukelnd, der reglose Körper: hin und her. Dass sie so hierher zum See gefahren, *in Gmunden möchte ich nicht einmal begraben sein*, hätte die Schwester gesagt. Dass sie also hierher, auf die andere Seite gefahren, wo sie und ihre Schwester Bindungen hatten. Bindungen seit ihrem Arbeitsdienst am Tressensattel über dem schwebenden See, zwischen steilen Wänden, waldigem Hügel.

wo ihr grab hin ist
das aufgelassene
zumindest
wo es
war

Dritte Reihe Nummer acht von der Mitte, wiederholst du die Zahlen der Großmutter. Gehst am nächsten Tag automatisiert zum Friedhof am See. Quer über schneepölsterne Gräber findest du die Stelle nicht, findest den Nachfolger nicht, also den Nachmieter vom aufgelassenen Grab der Schwester. Den Nachmieter, der *vom Wasser erschlagen.*

beim verlassen des friedhofes
wieder
körperlos ortlos
hörst du in stickigen
verstrickungen nur noch deine
schritte
oder sind es die von
soldaten

gehst schneller um sie zu
übertönen
hinaus aus dem tor
hinein in das erwachen von vögeln
in ihr umfangendes netz
nicht sichtbarer
stimmen

Zuerst die Aristokraten dann die Juden dann die Nazis, sagt die Großmutter. Spuckt Informationen, angestaut, die vereinzelt springen, kreuz und quer, dich zerzausen. Spukt, dass der rote Widerstand der Bergbauarbeiter erwürgt. Dann, als könnte sie nicht auf Hauptschauplätze schauen, sprudelt sie auf Nebenschauplätze. Zum Beispiel, dass die Nazis einen Schatz im See versenkt. Dass sie in den letzten Tagen um ein Haar gesammelte Kunst gesprengt in den Salinen. Dass dann im letzten Moment die Bergarbeiter erkannt die sieben Kisten mit den achthundert Kilogramm Sprengstoff, als Marmor deklariert. Dass sie im letzten Moment verhindert, die Sprengungen.

unvorstellbar
zwischen blühenden rosen in
weiß
unvorstellbar
zwischen spiegelnden wolken
gipfeln am
wasser dieses
tropfen von rotem
schnee

so abseits
denkst du wieder
erst recht

dass sich hier an wänden des
einzelnen hauses über
dem see

dass sich hier
erst recht

fortlaufend weltgeschichte
v e r s c h r i e b e n

hämmern und wasserlippen

um sie zu übertönen die schritte von
soldaten
sie zu übertönen die stimmen der
großmutter
gehst du hinein ins
erwachen des
waldes

erschrickst wie vor lauernden
wölfen beim abgehen
beschreiten von
kindlichen
wegen

das klopfen vom specht am
schwarzen hang sein
hallen wie ein
hämmern fast auf
eisen

dünne stämme schießen
lufthänge hinauf
schießen wie trockene
holzkreuze
ungesehen
schießen durch steinschlagen
auf eigene gefahr

machst große sprünge
wie um sie zu überwinden
sie zu überschreiten
deine schritte von damals
die sich mit deinen schritten von heute
überlappen

wie um sie zu überschreiten
deine schritte von damals
die sich überlappen mit
deinen langen schatten
auf jetzigen böden

ob es zu vermeiden
dass dinge sich fortlaufend wiederholen
also die individuellen und
kollektiven

zum beispiel die kalten temperaturen
die aufsteigen
sich an dich
drücken

zum beispiel die tauchenden
wie geköpft
an der treppe ins nichts
die tauchenden hinter dem tau
hinter zugesperrter
bootsanlegestelle

denkst unter flocken die
aus zeitlupenkreisen
fallen
dass es dem ringelspiel gleich
ob unter dem clownsgesicht auf seiner spitze
jetzt andere väter
andere kinder
immer weiter
drehen

dass du ständig zurückdrehen
würdest
wenn man zurückdrehen
könnte
dann hängen bleiben würdest
im alles noch einmal
erleben

merkst wie du eindrücke abwürgst
wenn du versuchst sie
zu erzwingen
wenn du versuchst
zu ihnen zurückzuschrauben

nur am anfang riechen
nur beim ersten mal
am ende in der mitte
ohne geruch

löst dich im schnee der ersten
märztage
von giftströmen deines
körpers
namenloser nebel in
deine haut

in deine haut das rauschen der
wellen
wie das rauschen eurer
schritte
anonym an schäumenden
sternen
segel die sich aufrichten
aufsteigen
hinter einem horizont aus
gipfeln
riffen aus totem
meer

steigst über korallen
eines toten gebirges
dessen steine der großvater im
längsschnitt
filetiert

wie er ihre schimmernden
schichten von zeit
in abendsonne
ans fensterbrett gelegt

wie ihre ablagerungen von
muscheln von
kraken
funkten wie schatten und
lichtwellen
wie treibendes moos auf
gläsernen quellen

löst dich im schnee der ersten
märztage
von giftströmen deines körpers
zu gefrorenem blütenstaub

blütenstaub der aus schillernden
platten
um dich herunter fliegt
weiß über das laufen von rehen
über ihre spuren im schnee
über spuren im schnee von langen blättern
die sich zu einkerbenden
schiffsbäuchen
strecken

auf ihnen däumelinchen
zwischen nadeln von tannen wie
geschüttelte federn
der gestrigen nacht

blassrosa und weißgrüne
schirme von elfen
steigen aus spitzen ihr
regungsloses
schweben als du
vorbeigehst

kommst vorbei an der hütte mit
moosdach
davor eine terrasse eine
bank die bereitet
küsse aus
flechten

vom moosdach hängen
eiszapfen poliert in denen
ein zwerg jeden tag
seine barthaare
prüft

an der hausmauer seine leiter
zum pflücken von
blüten
darunter am bach schneedurchsetzte
pölster
wo er beginnt seine rillen zu
schrubben

bis er reales wittert
bis du zum holzscheit kommst
ist er verwandelt
in einen wie immer gewesenen
brunnen
mit krummer nase hölzernen
löchern
aus denen kein wasser
fließt

drehst dich weg um den zwerg seinen
blüten seinem bach zu
überlassen
seinem dach das bricht
aus dem tannen beginnen zu
wachsen

blinzelst hinauf zu gläsernen
tropfen
wie sie rieseln die tropfen
von der nadeldecke
bevor sie zu eis werden
im licht

wie du es brauchst dieses blinzeln
hinauf zu tropfenden
armen
um zu wissen wie sich unter spitzen von
tannen der gartenzwerg
fühlt

triffst nochmals auf ihn
mit dem knallroten
umhang
der sticht wie das
hellgrüne
moos

ist es er der eismännchen
baut am ufer seinem
treiben
eismännchen aus zerbrechlichen
zapfen
verrinnen bald unter der sonne
sind schon zer-
ronnen

ist es derselbe der steinriesen
formt
am leeren ende des sees unter
steilen wänden
steinriesen aus bleibendem
material
vergänglichen
figuren

hörst zwischen eismännchen und
steinriesen auf zu
rennen
schlüpfst zwischen ihre kraft aus
reinem zufall aus
gerade noch
lebendem

sind es die handzeichen des zwerges mit
seinem knallroten umhang
auf dem bunten stein
sind es seine handzeichen
die zusammenhalten
die steinernen
eisigen
wesen

zusammenhalten durch exaktes
gewichtsverteilen
auf den spitzen in kerben
übereinander
durch exaktes ausgleichen
zwischen gerade richtigen
winkeln

wie sie noch nicht umgefallen im
windstoß
wie sie blicken
wie sie starren als
getrennte paare
am see

vielleicht verwachsen ihre
formen ineinander
zu einer großen
vielleicht verwachsen sie
wie die berge vor dir
wie deine glieder
zu einem

wenn sie doch zerfallen
am boden
nebeneinander: als wären sie
nie gewesen
könnten
nie wieder sein

ihr leben als zufällig aufeinander
abgestimmte figuren
wenn ein kiesel
verrückt
sprengt die ganze
symbiose

gehst weiter richtung turmspitzen die
steigen aus nebel
gehst weiter wie durch einen raum aus
eigenen bildern
wie durch eine blase die
du erhauchst

wie sich alles verzaubert
wie alles sich formt
zu einer schreibbaren geschichte

in ihr zwei steine am strand
wie farblose enten
in ihr eine hummel die sich löst
aus gefrorenen
blättern

ob die hummel im
winter geboren oder überlebt
aufgetaut aus
vergangenem sommer

gehst über wurzeln wie kraken
mit nach innen kehrenden augen
dann wie seidene fäden von
fingern
ganzen silhouetten

weiter und weiterlaufen auf
schneekörnern feiner noch
als sand
zeichnest erste spuren von
anwesendsein in deine
schritte

manchmal geht es doch
zu wiederholen sogar
nachzuholen
als könntest du zeit
festhalten vorm
frühling

als könntest du zeit festhalten
mit abdrücken deiner sohlen
sie verfestigen am steg
auf seinem weichen gehen
leicht
wie streifen von schmetterlings-
flügeln auf schnee

mit deinen spuren am steg
dann in die andere richtung
als würdest du sie wieder zurückgehen
rückgängig machen
zögerst stapfst du
zuerst in deine alten
dann daneben
dazwischen
in kurven

nicht die unterschiedlichen zeitschichten stören
nicht die ränder verwischen
in einer zweiten linie
neben der ersten
gehen

dabei auf die alten spuren schauen
bevor sie morgen unter flocken
von gestern
bevor sie unter neuen zehen
wieder sanden

es kann jederzeit zu spät sein
für einen eindruck
für einen abdruck
wenn der himmel wieder aufreißt
ruht über weichen
wasserlippen

lagern wutschäume ab
in farben des
mondes
silber
weiß

machst den letzten schritt
in den ersten
um den steg zu verlassen
den see
zu ende zu gehen

schnell wie ein durchblättern
eines schon gelesenen
buches

ein aufflammen
vor eigenen jahrzehnten
wie vor ihrem gesicht

das deine erste erregung
in dich geschrieben
jetzt neu belebt

rückspulen

generationen und memoiren

Es ist wie ein Rückspulen zur Anreise, dein Abfahren zurück in die Stadt. Wie ein Rückwärtsgang der Kindheit: kann man ihn dann nochmals drücken den Knopf, nochmals sehen den Film?

Es ist wie das Verlassen einer Sternennacht.
Fährst zurück nicht durch eine Landschaft, sondern durch Zeilen,
die du beim Herfahren geschrieben.

Wirst am nächsten Tag beim Gehen durch die Stadt wie zurück zum See getragen, zu seiner Insel. Wirst wie zurückgetragen von gelb aufblühenden Palmkätzchen im Park.
Gehst vorbei an abgedeckten Rosen, verhüllt unter braunen Kartoffelsäcken. Siehst in ihnen die Blicke der Großmutter, ihr genaues Verfolgen, wann die Rosen wieder springen, wann die ersten Blüten, dann die letzten Knospen, irgendwann.
Deine Pupillen zeichnen ihre Runden, immer dieselben, die sie hier dreht. Gehst in der Luft dem Rollstuhl nach, dem Rollstuhl, in dem sie den Großvater geschoben.

Gehst in der Luft ihre Runden der letzten Jahre. Also der Jahre, nachdem sie zurückgekommen vom Haus, das am Waldrand, über dem See. Zurückgekommen in die Stadt, in die schonende Luft, um den Großvater zu erleichtern. In die sanftere Luft, die ihn erschlagen. Die ihn gelähmt. In den Rollstuhl gezwungen, nach dem Verkauf des

Schwammerls, wie er das Haus genannt. Der Verkauf, um sich zu schonen im Alter, um seine Geister zu bändigen. Des Hauses, in das sein Vater geflohen, in dem seine Familie gerettet, dann geblieben. Sein Verkauf in Angst vor dem Nachstocken, vor dem Aufflammen wieder durchlebender Bilder. Sein Verkauf des Hauses, damit seiner ganzen, seiner greifbaren Geschichte.

für diese strecke zur großmutter
kein laufen
kein kürzen
bleibst stehen beim geschlossenen
salettl den dicken
spatzen

bleibst stehen vor bänken auf denen
sie beide
gesessen

gehst durch ihre silhouetten am
abgeflauten
aufflauenden
heldenplatz

schaust zu ihrem balkon hinauf
ob ein licht hinterm fenster
ob ihr kopf an der scheibe
zu diesem balkon von wo
sie den jubel
gehört

Zu diesem Balkon von der Familienwohnung der Großmutter, die den Krieg überstanden. In der ihre Eltern weitergelebt, während sie mit ihren Schwestern aus der Stadt zum See gebracht. Schaust zu diesem Balkon, von dem ihr Vater über seinem Geschäft den aufsteigenden Rauch gesehen. Zu diesem Balkon, von dem sie, aneinandergedrückt, das Aushöhlen der Staatsoper, die qualmenden Flammen verfolgt.

beim drücken der glocke
jedes mal:
wie lange er noch hier stehen wird
dieser name sein
gespinst

wie oft du noch das tor öffnen
den lift holen wirst
zwischen mauern die
alles gespeichert

riechst die wärme aus der
küche der großmutter
wirst ungeduldig nach dem süßlichen salat
den schinkenfleckerln im ofen
nach der frischen limonade
über eure zungen
so wie es immer
gewesen

wie es jetzt unmittelbar in dich rieselt
ihr tieferes atmen
ihre konzentrierten lippen
ihre nach unten wölbenden
augen

schaust in sie immer tiefer
wiederholst alte rhythmen
um sie lebendig zu halten
festzuhalten

gräbst dich ein
wie eine herbstzeitlose
nicht loslassen kann
in den lehnstuhl des großvaters
atmest deine poren in seinen stoff
müsstest es einschweißen
dieses sein strömen

in seinem lehnstuhl mittags
kommt dir dass du nie schlafen
konntest *nach tisch*
obwohl alle da in zimmern
nebeneinander
hörbar dösend
nicht wie in der nacht
plötzlich
allein

in seinem lehnstuhl mittags
kommt dir dass du nie schlafen
konntest *nach tisch*
vielleicht weil du ihm zuhören wolltest
diesem ruhigen
anwesendsein

nickst kurz ein
in diesen traum mit dem haus
genau demselben an einem anderen ort
wie ein zusammenfließen deiner
herkünfte in ihm

Ob sie noch lebt, die Nachbarin?
fragt die Großmutter, wie rhetorisch, nach dem Dösen. Du sagst nichts, bis sie erzählt. Von der roten Katze, die der Nachbarin zugelaufen, dann bei ihr geblieben.

Was wohl aus der Katze geworden?
fragt die Großmutter, wie rhetorisch, nach dem Dösen.

ihre sätze überlappen sich mit
den filmen in dir
überlappen sich mit ihren
strümpfen im bad die
hängen tropfen
fast wie auf der sonnseitigen wiese
des hauses

jedes mal diese angst aus
ihren augen
ob es das letzte mal
dadurch dein drang
a l l e s zu fassen
a l l e s zu wissen
was sich in ihre haut
geschrieben

Um zumindest mehr zu fassen, mehr zu wissen, was ihre Falten tragen, fragst du nach den Memoiren des Urgroßvaters. Nach den Memoiren ihres Schwiegervaters, die sie immer wieder, wie nebenbei, erwähnt. Dass seine Memoiren die Kriegstagebücher ersetzen, *mehr schlecht als recht*. Die Kriegstagebücher, die verbrannt, also die Kriegstagebücher des Urgroßvaters über den ersten Krieg
die im zweiten Krieg
mit seinem Familienhaus in Flammen
aufgegangen.

Nimmst es mit, dieses dicke Buch mit seinem schweren Einband. Blickst auf diesen Einband, braun, der Memoiren des Urgroßvaters, dem Vater der Zwillinge am Ast der Kastanie. Nimmst sie mit nach Hause, *verfasst im Winter 1946 bis 1947*. Verfasst als er inhaftiert im *grauen Haus*. Sie stehen auf der ersten Seite, die Zeit und der Ort, auf dem deckenden Blatt, verströmen diese seltsame Aura, die zu deinen Fingern kriecht. Zu deinen Fingern, die umblättern zum Leben eines Mannes, der ein völlig fremder für dich. Zum Leben des Mannes, von dem alles ausging: der Zaun, die Kastanie.

es ist ein einlesen in das leben
verleben
eines mannes dem jede zeile
erste konturen
verleiht

auf seinen getippten buchstaben
die geflossene jugend eines
körpers dessen
konstanteste säulen der
krieg
eines lebens
geformt von rüsten zu
rüsten
von dem du abhängst
von dem du sich wiederholende muster
erkennst

Muster ab dem Urgroßvater über den Großvater zum Vater, vor allem im Wählen von Worten wie Scheue, Respekt, Strenge und Disziplin.
Liest dich satzweise vorwärts,
wie ein Ziehen der Beine
abwechselnd
aus zähem morast

Es ist, als würde über den Schuljahren des Urgroßvaters zwischen Konvikt und Ferien, als würde über seinem Spazieren durch Wälder der Herzegowina, über seinem Floßfahren auf der Drina schon etwas hängen von der Schwere. Als würde über dem verschlafenen Kind schon etwas schweben von den Kontrasten danach. Als hätte der Verfasser, der schon alles zu Schreibende durchlebt, nicht begreifen können dieses Unvereinbare, diese Schönheit seiner Kindheit, im Nachhinein wie absurd, ein Verhöhnen. Im Nachhinein, das heißt ab neunzehnhundertvierzehn als, schreibt er, *die Welt so unschön geworden.*

Es ist wie ein verdächtig ruhiger Auftakt, sein Heranwachsen auffällig unauffällig in Sarajevo. Wie ein verdächtig ruhiger Auftakt, dieser Luxus von Trägheit beim Lernen. Trägheit, die er versucht durch inniges Beten zu decken. Noch wie ein Luxus dieses Festhalten des Konvikts an einer spartanisch berechneten Verpflegung, an einer unverschiebbaren Einteilung des Tages.

Liest zwischen den Zeilen über die ersten beiden Jahrzehnte des Urgroßvaters, liest zwischen seinen Zeilen, wie sich Ironie des Erwachsenen, der all das Nachfolgende schon durchfühlt, über innere Konflikte der Jugend gestülpt.
Liest vor allem diesen notwendigen Zauber, liest sein Bedürfnis den Zauber zu erweitern,
ihn auszubauen
ihn zu systematisieren
wie das Erwähnen, regelmäßig, seiner Liebe zur Musik.
Wie das Betonen, regelmäßig, was Musik ihm bedeutet.
Dass sie ihm ein *Quell der Freude, der Erhebung,* dass sie ihm eine *Trostspenderin in leidvollsten Zeiten.* Sagt sich dankbar, dass seine Musik sich vererbt auf seinen Sohn, der überleben wird. Dankbar, dass der andere sie mitgenommen haben wird in sein fernes Grab.

wie als bruch in der zeit
dieses fallen

dieses fallen der
namen der zwillinge seiner
söhne

wie ein fühlen
zwischen kontrollierten
zeilen

wie eine gegenwart die noch aus
zukunft
besteht

Vielleicht verklärt dieses spätere Wissen des Urgroßvaters, dieses Wissen eines alten Mannes, seine jungen Jahre umso mehr. Seine jungen Jahre, in denen der Urgroßvater noch nicht einmal Vater, in denen er erst Sohn. Umso mehr, wie ein Kompensieren für das Wissen, für die Zeit danach. Umso mehr dieses Bedürfnis, seine Jugend zu befreien. Umso mehr, als seine zarten Jahre ab neunzehnhundertvierzehn für immer gebrochen. In seiner Verklärung wie ein bewusster Kontrast zum Kommenden, ein Festhalten, überschwänglich, an seiner einzigen Lebensphase, die von Kriegen, von nationalem Chauvinismus unberührt. Wie um schon im Vorhinein des noch zu Schreibenden, wenn auch im Nachhinein des schon Erlebten, wie um Freude schon prophylaktisch entgegenzuhalten. Leichte entgegenzuhalten. Lachen und Tanzen, zwischen wildromantischen Flussufern der Herzegowina.

Schreibst am Tisch seines zweiten Sohnes, also am Tisch des Großvaters, auf dem sich schon drei Generationen vertippten. Schreibst, dass der Urgroßvater am Floß neunzehnhundertacht, am Floß zwischen gefürchteten Stromschnellen, noch nichts gesehen von der Annexionskrise, vom Fahren möglichst entfernt vom serbischen Ufer, möglichst entfernt von den Patrouillen, möglichst nah von wachenden Strafunis der österreichischen Grenze. Alles: noch ein Spiel. Schreibst auf seinem Tisch in dritter Generation, dass er nur die Athletengestalten gesehen, die das Floß geführt durch den Gorni Slap, den Dolni Slap.
Dass er nur gesehen das Abenteuer von auf
felsen krachenden
fugen

wie sie pudelnass von
sonnendurchfluteten
schluchten
getrocknet

wie sie unbeweglich auf dem floß
dahingeschwommen
zu nachtigallhainen ihren
konzerten
zu mondnacht auf
feldbetten im
freien

siehst wieder seine neigung zum
ausholen ständig
in ein verzaubern
in ein märchen
wie als schutz als idylle
vor seinem
dann
vor deinem
verstehen

liest diese jahreszahlen aus papier
ist es möglich dass sie jemand
aus deiner haut
geatmet

wie diese historische distanz aus
büchern
plötzlich so tastbar an dir
wie diese distanz von hundert jahren
so klein so wenig ändert an
wünschen
eckpunkten des
werdens

wie nur das geschehen von außen
unterschiede
zwischen uns
keilt

bei allem was sich hier formt
kannst du nur langsam lesen
als würde das leben der vorhergehenden
generationen
als würde es durch dein rückspulen
wieder werden

nur langsam lesen
um nach und nach
sanft
an dich
zu lassen

um das lebendige aus
buchstaben
nicht zu überspringen
als könntest du so

zurückholen
bremsen dann
halten

wolkenbruch und einrücken

siehst wie beim eindringen in
verflechtungen von familie
ihres hauses
wie in allem ein spiegel entsteht
von geographie
von geschichte

Ein Spiegel von Geographie, von Geschichte auch bei der Freude des Urgroßvaters, bei seiner Freude noch neunzehnhundertneun einer berittenen Truppe zu dienen. Ein Spiegel von Freude noch neunzehnhundertneun, als er der Gebirgsartillerie zugeteilt. Als er abgerichtet zwischen
golddurchleuchtendem herbst
strahlend auf
rosen im garten auf
lachende
wangen

wie ist es möglich mit dem
wissen mit dem
durchlebten
zu schreiben über die spanne davor
in der das danach durchlebte
oder eigentlich
noch zu durchlebende
noch nicht
erahnt

wie diese ahnungslosigkeit
wiederherstellen
ist es möglich
wie sich einfühlen in
das gefühl wo hinein das
nicht vorgestellte
nicht vorstellbare
überschwappen wird

Wo hinein das nicht Vorgestellte überschwappen wird zu fortschreitend Unvorstellbarem. Langsam, ab dem Besuch neunzehnhundertzehn, wie die Zahl auf der Zunge zergeht, des Kaisers in den neunzehnhundertacht annektierten Provinzen. Langsam, ab dieser vorletzten Parade, bei der sich der dynastische Gedanke noch ein letztes Mal entflammt. Wie dann über der müden Monarchie ein Weltaufsehen entstanden, ein Weltaufsehen über diese Reise nach Sarajevo. Über diese letzte Reise auf der Schmalspur, noch einmal im höfischen Zeremoniell, schon Risse, die sich durch Prunk gezogen. Der Urgroßvater hat ihn gesehen, wieder: wie das klingt, den greisen Monarchen auf seinem Schimmel, in kurzem Galopp. In kurzem Galopp vor der Front ausrückender Truppen, vor schon lauen Gefühlen für den Staat. Diese Reise als Anstoß zum endgültigen Stoß, plötzlich, zu nicht mehr zu löschenden Flammen. Bis das letzte Omen, bei der letzten Parade am Schwarzenbergplatz. Das letzte Omen beim kaiserlichen Salut, als aus den Händen von General Affenberg der Säbel gefallen.

Seither das Studieren wirtschaftlicher und politischer Geographien, das Verfolgen sich wendender Karten
wie unterbewusst
vor nahendem wolkenbruch
das ahnende sammeln von
freien
jahren

wie vorhersehend noch
laufen durch ein bild von
jugend
durch ausschweifendes wandern
exzesse erster liebe
das tief danach

wie vorhersehend noch
laufen durch wissensdurst durch
allseitiges begeistern
dann ein hingegeben schon
dem dämmern
entrücken

Schon *meisterhaft* das musikalische Einfließen ins untergründige Leben der Gefühle. Schon *wie eine deutsche Eiche,* schreibt er, über sein Schwingen auf Schneehängen, über sein Schwingen mit bis zu Ende gehender
kraft

Wie vorhersehend noch dieses Laufen durch Exzesse von
Jugend: bevor neunzehnhundertzwölf sich immer mehr
abgezeichnet,
seine Familie das Haus in Sarajevo verlassen.

Damit das Schneiden zwischen jugendliche Jahre, wie
später ganz anders bei dir, damit sein schnelles laufen
durch
erinnerungen
durch stätten von
gewesenem kindsein

Der neue Beginn in Wien, als die politischen Himmel
immer stärker rumorten,
aufrumorten gegen die vereinende
vereinnahmende
donau

Wie alle verkrampft die Augen verschlossen vor bereits
hellen Flammen am Balkan. Wie sie trotzdem, erst recht
umso mehr
durst hatten

durst
nach üblichen bahnen
nach schwimmen in der donau
nach saugender sonne im
nassen
gesicht

Wie sie gesprochen *wie Blinde von Farbe* von einem fern aufkommenden Krieg. Von einem Krieg, irgendwann, dessen unmittelbares Lauern und Krallen niemand gewittert,
nie jemand wittert.

Ein Krallen und Lauern, das niemand gewittert, nie jemand wittert, als neunzehnhundertdreizehn der Urgroßvater für tauglich befunden. Das Jahr, in dem er für tauglich befunden auch das Jahr, in dem sein Vater noch in den Adelsstand erhoben. Der Unterschied zwischen einer alten und einer sich erneuernden Welt, am Übergang von nur zwei aneinanderliegenden Generationen. Unmittelbar vor dessen Abschaffung, gerade noch, in den Adelsstand erhoben, für seinen Bau der Bahnstrecke zwischen Bosnien und der Herzegowina. Sie liegt noch bei der Großmutter, die Urkunde, greifst über bordeauxroten Samt. Über die Urkunde mit dem Stempel der Monarchie, von Kaiser Franz Josef I, seine Unterschrift aus Tinte.

Dann, nach den ersten Schüssen in Sarajevo, nicht mehr zu leugnen das Ahnen.
Urplötzlich, das Einrücken, die Abschiede rundherum.
Urplötzlich, diese Luft aus Angst, dass es das letzte Umarmen,
dass es das letzte Küssen.
Urplötzlich, das Leben als Einzelschicksal geschlossen.
Stattdessen das *Er*leben des Volkes
als symbol
als spiegel des einzelnen
dessen werden

nicht mehr in eigenen
händen

seither unmöglich die wilde romantik
unmöglich ihre ideale
ihre illusionen
ihr fragen

stattdessen ein sofortiges reagieren
über generationen hinweg
stattdessen ein antworten
nüchternes fassen
von r e a l i t ä t

stattdessen ein aussparen
unwiederbringlich
von intimität
stattdessen nicht mehr gewagtes
umarmen

wie sich unbekannt fortschreiben
familiäre stränge
über nachkommende generationen
die sich nicht kennen
nichts voneinander wissen
und doch als hättest du nie gesucht
es dann bei ihnen gefunden

Um nicht weiter zu finden, hörst du auf zu lesen über das Rumoren und Aufrumoren. Greifst statt zu lesen zum Stammbaum, der in den Memoiren gelegen, die Stränge

zeichnet ab dem Urgroßvater. Unter ihm stehen die Namen seiner Söhne, beide geboren am *15. Dezember 1924*. Nur beim einen: *1944* als zweites Datum, als Datum mit Kreuz. Das Jahr, in dem er fallen wird, im Krieg danach. Der gefallen sein wird, seither immer wieder fällt.
Neben dem Namen des Großvaters, gleich nach seinem Bruder,
nur die eine Zahl, die ohne Kreuz, die mit Stern.

als würde nur das geschriebene
real sein
rückt das fehlende jahr beim großvater
also das fehlende jahr seines todes
den geruch zu dir zwischen seiten
nach seinem arbeitszimmer
seinem roten pullunder
Legst den Stammbaum als Lesezeichen wieder zwischen Seiten. Legst ihn genau über die Linie des Urgroßvaters, die sein Kapitel beschließt. Genau über seine Linie aus Punkten und Nullen: wie aus Leere und Stehendem.

diese linie die sein kapitel
beschließt die du
reproduzierst

um auch eine pause zu setzen
ein verschnaufen
zu markieren

vor dem ersten august
neunzehnhundertvierzehn

fingerkuppen und ginster

dein zögerndes umblättern
langsames umgreifen
bald achtzig jahre nach seinem
zu jahren die du noch
über verschwimmende körper
berührst

blätterst zu seiner abrichtung zum soldaten
die in kommenden
kinderaugen
nicht aufhören wird zu
schwirren

es wiederholen sich
es bleiben
die tränen über wangen des vaters
die klänge von musik
vom gebet vor der schlacht

es wiederholen sich
es bleiben
die schreie von jubel
seinen blumen
vom glauben an ein schnelles
siegen

es wiederholt sich
es bleibt
der traum vom verlust
bis ins detail seine bilder
von gefallenen die sich
realisieren
wenige tage danach schon
das liegen in fremden gräbern
kalt umrauscht von
fluten der drina

es wiederholt sich
es bleibt
das vertaumeln der menschen
mit fingern um waffen
klammernd wie schatten
lähmen

liegst in der sonne am holz
unter bunten fallschirmen der donau
während sie durch dich flitzen
diese zeilen von seinem ersten
erschossenen
mann

von seinem gewissen auf feinen
fingerkuppen
dann
von der automatisierung
des drückens
des wiederholens

das drücken das in dir
weiter
pocht
während du blinzelst
nach segelnden körpern
zwischen silbernem
wasser weißen
hügeln

im wind spulen bilder
von über das feld verteiltem blut
von unbekannten schneemännern in gruben
die ausharren am eis
die erst abgetragen
mit erfrorenen
gliedern

spulen bilder
von winternächten im freien
von geschlachteten pferden
die langsam in schlamm
versinken

durch die selbst a b g e t i p p t e n
zeichen
dein erstes nachfinden
vom dahinraffen
vom dampfenden walzen
vollkommenem verzehren

dein erstes nachfinden von
urplötzlich gealterten
todtraurigen blicken
vom treffen in augen
erstarrter gesichter

dazu immer wieder
der kontrast von wäldern
dazu für dich wie ein kontrast
ihr marschieren
durch tiefverschneite karpaten
ihr unterstand
in ästen aus schnee

Ihr Unterstand in Ästen aus Schnee, in denen sie bereits um Weihnachten neunzehnhundertvierzehn zu Frontschweinen geworden. Zu *Frontschweinen*, schreibt der Urgroßvater, nach wochenlangem Kämpfen, durch kalte, schmale Verpflegung. Zu Frontschweinen mit vollem Bart, mit rutenischen Pelzen. Mit rutenischen Pelzen auf angewachsenen Häuten, um weiche Regungen zu unterbinden. Um zu verhindern, dass die Nerven versagen, zugrunde richten. Dagegen die eiserne Selbstdisziplin, ausnahmslos das Schlucken, das Antrainieren, das geschlossene Hinnehmen. Dagegen ihr Vorwärtsprügeln, gegen das eigene Brechen, das Vorwärtsbrechen von
nicht kampfwilligen von
nicht kampfbereiten
menschen

Gegen eigenes Brechen ihr Morden,
gegen eigenes Aufheulen,
zwecklos.

Fragst, was irrealer ist zwischen den Zeilen des Urgroßvaters. Sein Beten und Weiterhoffen, so ständig unmittelbar vor dem Tod. Diese unmittelbare Vernichtung aus eigenen fremdelnden Händen oder die Unterbrechungen darin, die Unterbrechungen darin von Musik im Divisionsstab das aufsingen und
absingen
die streichenden
körper

Fragst, was irrealer ist. Was irrealer zwischen den Zeilen des Urgroßvaters. Seine silbern strahlenden Medaillen für tapferes Töten oder sein Versinken in Frühlingsschlamm. Sein Steckenbleiben vor wartenden Augen oder sein Vergessen beim Urlaub vom Morden. Sein wie vergessendes Spazieren durch Pause, die er dennoch mit militärischen Brillen gefiltert: nach Stellungsmöglichkeiten nach Deckungsverhältnissen, so normal wie für uns
noch
das filtern von landschaften
nach gesundem wasser
fliegenden worten

Nach seinem kurzen Verschnaufen, seinem ruhiger werdenden Atem, wieder das automatisierte Berichten in Prozenten. In Prozenten von Gefallenen wie das Sprechen von Truppen in denen sich einzelne gesichter
verlieren

wie kann es darf es
funktionieren
darin
das trauern um den einzelnen
um den gefallenen sohn
wenn man fast damit
rechnen muss

wie kann man es unter heldentum
stellen
sich an sie halten
die ehre

sein tod einzeln sein
gesicht
wirft

so viele heute gestern
ohne
gesicht

nur zahlen
von der jede dennoch
diesen tod einzeln
verbergen

Musst schnell lernen zu übersetzen: zum Beispiel, dass *flüssiges Vorankommen* so viel heißt wie Niedermetzeln, Niedertreten von spurlos Getöteten. Dass *flüssiges Vorankommen* so viel heißt wie Funktionieren als zusammengepferchte Maschine eines modernen Krieges, seines Gases.

Dass in den letzten Kriegsmonaten jeder als völlig verrannter, als *untüchtiger Idealist, geistig Beschränkter* gegolten, schreibt der Urgroßvater, der sich nicht vom Frontdienst befreit. Schreibt über diesen Verfall von Illusion, immer schneller, in rasendes Bluten.
Schreibt über angestaute Fleischsehnsüchte, regelrechte
F l e i s c h f a n t a s m e n, die man
an zusammenbrechenden, mitten auf der Straße,
an zusammenbrechenden Pferden gestillt.

kann man lehren ziehen aus den unnütz
unzähligen
gelten die lehren dann hindurch
durch die vielen möglichen tode denen
der urgroßvater
als spiegel anderer
entronnen
kauernd im ginster in
lähmender
angst

Im Ginster zwischen dröhnenden Motoren, krachendem, knatterndem Bersten. Zwischen Schreien von auf ihr Ende wartenden Menschen.

Rein mechanisch seine Pflicht sie zu erlösen, sie zu befreien
im Drücken, nochmals nachdrücken
automatisch
auf feiner fingerkuppe

Schreibt vom hellen Nachthimmel vor der großen Offensive. Von diesem hellen Himmel aus Fluten, aus Geschoßen.
Mit diesen aufbrausenden Farben
wieder ein ende eines krieges
immer wieder
ergebnislos

Schreibt von der glühenden Sonne des Stillstands, wie der neue Kaiser die Kampftruppen besucht. Wie er gesagt, mehr gefragt: *Auf dem Montello muss es wohl furchtbar gewesen sein?*
Darauf die Antwort des Urgroßvaters, sein Antworten für so viele andere, für so viele andere sein Zynismus: *Jawohl Majestät, schön war es nicht.*
Schon das Abwürgen des Themas durch den Kaiser, schon sein zweiter und letzter Aufruf: *Sie sind sehr schön dekoriert, machen Sie nur weiter so!*
Darauf die Antwort des Urgroßvaters, sein Antworten für so viele andere, für so viele andere sein Zynismus: *Jawohl Majestät.*

Schreibt, wie immer aggressiver das Verblassen der Farben, immer morscher die folgenden Monarchen. Immer endgültiger die vogelstraußene Politik, ihr Wegdrehen von zunehmenden Stürmen.

Wer die Zeit durchstanden unter verstümmelten Kameraden, überstanden als hart Gewordener verhärtet in Sorge vor Schwäche.
Wer bis hierher gekommen, schreibt der Urgroßvater, konnte traurig
tanzen

traurig
tanzen
um auszulöschen

um wiederzuerlernen
menschliche nähe
zärtliche arme

fragst wie es sein kann
dass er trotz dieser schwere
wieder getanzt

während du neunzig jahre nach ihm
in einer drehenden leichte
wieder schwer
in einer drehenden leichte
die schon droht

droht sie wieder
wölkt sie wieder auf

müssen wir schon wie
ihr damals
schnell

wieder tänze
sammeln

haben wir sie mit
euch schon
verloren

sie hallen nach
diese verlorenen tänze
die sich jetzt wieder verlieren

hallen nach
wie die immer aufs neue
entronnenen tode

wie seine mehrmals entglittenen sümpfe
immer wieder gerade zur richtigen zeit
am richtigen ort

durch zufall denkst du
dass genauso irreal sein mehrfaches überleben
wie das überleben aller überlebenden

wie das fallen aller
gefallenen wieder
fallenden

dieses fragen des urgroßvaters
strömt weiter zu dir
wie lässt es sich rechtfertigen
dass es dich gibt
während

so viele andere existenzen die
sein hätten können
sein könnten
abgebrochen wie statt dir
noch vor ihrem entstehen

dieses fragen des urgroßvaters
beschäftigt strömt weiter zu dir
wie die heimkehrenden
hoffnungen
abrüsten

wie sich wiedereinfinden nach
der front
vom ständigen kampf ums
überleben
im leben

in einem frieden
aus taub gewordenen ängsten
taub gewordenen
fingerkuppen

zeitgleich dazu, trotzdem
erst recht
seine worte
über ein menschsein das
gleichbleibt

über ein menschsein das
sich formt
nicht nur von krieg zu
krieg

sondern trotzdem
erst recht
aus bewegung
zueinander

Trotzdem, erst recht, seine Liebe, ihr Gedeihen. Das Hoffen auf ein angehaltenes Kreisen. Das Hoffen hinter nur einem geöffneten Auge. Das andere Auge verschlossen, um die Angst vor Wiederkehren zu verschieben.
Zwei Jahrzehnte mit nur einem schlafenden Auge. Das andere wach, um Gefahr rechtzeitig zu riechen. Ein geschlossenes, ein geöffnetes Auge bis alle Urängste
untergründig aufbewahrt
wieder kreisen
wie gestern aufpulsieren
dabei das zweite Auge wieder aufreißen werden: beim Abrichten der Söhne, ihrem Einrücken drei Jahrzehnte nach dem Urgroßvater, ihrem Vater.

davor noch ein versuch zuzudrücken
was sich fortsetzt
was weiterwirkt
in eigenen zellen

davor noch ein versuch abzuwürgen
was sich festsetzt
was nistet
unter eigener haut

geburt und wieder: rote schneeflocken

wieder dein schweres umblättern
dabei das knistern von
gelblich verfärbtem
papier:

Leykam. Hartpost 1935, steht gedruckt am oberen rechten Rand der Seiten. Darüber immer wieder Schatten des Urgroßvaters, die sich über die Buchstaben legen.
Darüber hörst du immer wieder
wie Buchstabe für Buchstabe
in der Zelle
hallt

Fragst, ob sie hell genug gewesen, er dort eine Schreibmaschine gehabt. Oder ob er alles mit seiner Hand notiert, du erst im Nachhinein abgetippte, im Nachhinein überschriebene Seiten in Händen.
Verlässt diese Bilder
viel unmittelbarer jetzt die Frage
nach der mücke die
zwischen den seiten 132 und 133
zerdrückt

ob die mücke getrocknet überstanden
seit seinem niedertippen
seinem zusammenheften
der blätter

oder ob sie erst später
ein luftzug
zwischen die seiten
gehoben

Liest, wie schon kurz nach dem ersten Krieg in seinen Zeilen die Kombinationen von *saloppen Voll- und Halbjuden* fallen, von *Ghetto* und *geldgierigem Rechnen, von krankhaftem Ehrgeiz.* Liest schon dieses Fallen und Färben seiner Zeilen. Wie lässt sich dabei die Linie ziehen zu dir. Wie lässt sich diese Linie
sogar eine direkte
sogar aus blut
bestätigen
was machst du
mit ihr

Kannst nur weiterstocken über Zeilen, weiterstocken zu Sätzen über einen fetter werdenden Geldpöbel, über seine unbeschränkte Herrschaft, über seinen nackten Materialismus, über eine allseits umgreifende, spekulierende Wut. Schreibt weiter der Urgroßvater von extremen Missverhältnissen zwischen bitterstem Nichts, verdienenden Schiebern. Wie sausend und brausend diese Klüfte gewesen, in die hinein immer noch Kriegsgefangene als nervliche Wracks heimgekehrt. Heimgekehrt in Massenpsychosen, in anwachsende Entfremdung. *Grotesk* ihr Suchen ohne zu finden.

Schreibt von einem gewaltsamen Auseinanderreißen von organisch Gewachsenem, vom tobenden Hass in tobenden Republiken.
Wie deprimierend das Blicken auf verkommene Städte, verwahrloste Wangen.

Schreibt gleichzeitig schon vom Vergraben, vom Vergraben schon in Bergnestern, aus denen sich nichts heraus gerührt. Schreibt schon vom Heranziehen *rassiger Töchter* darin.

darüber hinweg wie
um etwas dagegenzuhalten
wie schon einmal
jetzt noch einmal
sein aufkeimen aufatmen
in eifrigen reisen

um wie schon einmal
gerade noch poesie zu sammeln
von der untergehenden sonne
auf der akropolis
vorm gletschernen berg

jetzt immer
und immer wieder
nirgends freier als hier
beim hinaufschauen zum dachstein
als beim baden in seinem
weißen tuch

als würde er sich schon vorbereiten
es schon ahnen
nicht sein wiederkommen
sondern sein heimkehren hierher
unter bald schon rettende
kastanienarme

als würde er sich schon vorbereiten
es schon ahnen
sein blinzeln bald täglich
zum felsen seinen
funken

zwischen den kriegen also ein
weitermachen
mit klappen vor augen
um gerade noch an ein stück
normalität
zu gelangen
gerade noch an ein stück
leichte
zu glauben

zwischen den kriegen
seine idee zum roman *menschen im hotel*
ein titel der dich verlockt
den er nie geschrieben

stattdessen schreibt er
über das hochspannen hochklettern
politischer leitern
über das fürchten vor
umgreifendem umnachten
über das vorziehen rundherum
sich zu erschießen

Zeitgleich zu diesen Abgesängen, trotzdem, erst recht, das Verloben des Urgroßvaters am See zwischen Gletscherzunge und Habichtskauz. Noch ahnungslos, vielleicht nicht, über den wiederkommenden Krieg, sicher noch ahnungslos über seine Flucht, die erst kommen wird. Über seine Flucht zum Haus, das am Waldrand, das über dem See. Trotzdem, erst recht, sein Verloben, ausgerechnet hier, zwischen Gletscherzunge und Habichtskauz, jetzt im Rückwärtsgang ein sich schließender Kreis.

inmitten dieser aufladungen
trotzdem, erst recht
die geburt seiner zwillinge
der dicken weißblonden

inmitten dieser aufladungen
trotzdem, erst recht
ihr verlassen des schützenden
fließens

Wieder wirkt es wie ein verdächtig ruhiger Auftakt, dieses Gründen von Familie, wie ein verdächtig ruhiger Auftakt zum wiederkehrenden Krieg.

Wie als Antwort, erst recht, auf den ersten Krieg, dieses Fallen und Wiederfallen von Musik, ihrer Fingerspitzen, ihrer Trance.

Wie als absolut notwendiges Gegengewicht, als absolut notwendige Unbeschwertheit das Singen seiner Frau. Ihr Singen für Wärme durch zu hoch gewordene Räume. Ihr Singen, unaufhörlich, bis zu den Stimmbandpolypen. Bis sie aus Schmerz ihren Klang verloren. Vielleicht wegen einer sich immer enger auftürmenden Schwere. Ihre endgültige Stille vielleicht als Angst vor dem dünnen Band, auf dem ihre Söhne balanciert.

Durch die Zeilen, immer öfter, das Stocken, immer deutlicher das Bohren. Das Folgen des Urgroßvaters einer Neigung, sein Einschalten bei der großen Partei. Sein Einschalten neunzehnhundertdreiunddreißig, notiert zwischen Ufern der Donau, notiert wie sein Stromschwimmen. Sein Stromschwimmen notiert wie sein Fliehen, schreibt er, vor *jüdischem Getriebe.*

klappst zu wieder auf
als wären die zeilen jetzt
nicht mehr

w e i t e r z u
g l e i t e n

kannst sie nicht nochmals lesen
legst die hand über
diese oberen zeilen
während die unteren
von kieswegen der donau
erzählen

wie sich nur an den kieswegen der donau
nichts verändert
dass du sie weiterführst

wie dieses entrückte
erdrückende leben auflebt
durch dein aufschlagen von seiten

als würde diese spanne
wie ein zwinkern
jetzt ü b e r springen zu dir
als könne sie nur langsam wieder verhallen
in eine weiter rumorende
stille sich
drehen

Dass nichts schlimmer sein muss als diese weiter rumorende Stille, die bleibt, sich weitergibt. Diese Stille, die weiterdreht, in dieses Nichts hinein,
in diese unsichtbaren Spannungen,
dieses unsichtbare Nebeln.

Dass nichts schwerer sein kann als diese weiter rumorende Stille, in der Eindrücke nicht durchdringen zu dir. Die dich

in eigene Wände vor Augen zwängt. Siehst, dass es ihre Fortsetzung sein muss, dein Benebeln. Ein Anschließen an die Hemmung, die sich über die Zwillinge gelegt. An diese ihre Hemmung, die sie vom Sprechen abgehalten. An ihre Hemmung, als würde sich alles spiegeln in ihr. Als würde sich in ihr, in ihrem Schweigen, ihre Angst,
die schon Schweigen und Angst der Mutter gewesen,
latent dann fassbar
offenlegen
in dir

Der Urgroßvater erwähnt sie nie einzeln, seine Söhne. Spricht wie von zwei unzertrennlichen Zellen, die ihr Loslösen aus dem Kokon nicht vollzogen. Ihr Trennen aus ein und demselben, in dem sich kleinste Regungen sofort übertragen. Denkst, dass sie immer als Glied funktioniert, dass jede Aktion des einen die sofortige Reaktion des anderen, im selben Schwung. Verstehst jetzt vor allem, dass das kommende Fallen des Einen weiterfallen wird müssen, das ganze Leben, im Zweiten.

Er schreibt über diese Hemmung der Zwillinge, sonst erfährst du nichts von ihrem Kindsein, das im Nachhinein wieder: wie absurd. Wie absurd, dieses Kindsein, eine Illusion. Wie beim Urgroßvater schon, eine scheinbare Ruhe. Der Urgroßvater überspringt das Heranwachsen, schlummernd, seiner Söhne. Springt ohne Vorbereitung von ihrer Hemmung zu ihren Tänzen als Spiegel seines eigenen Tanzens:
wieder voller Eile, um eine Generation nach vorne verrückt,
wieder: ein Tanzen in letzte Jahre von Frieden.

Der Urgroßvater spult zu dieser Szene wie als markantester Moment seines Vaterseins. Spult zu dieser Szene aus dem Krieg davor. Wie sie sich jetzt wiederholt, verschoben um eine Generation, diese Szene mit zwei Tränen über Wangen. Jetzt bei ihm, aus der Rolle des Sohnes in die Rolle des Vaters, jetzt über seine Wangen diese Tränen des Ungewissen, diese Tränen über schlagartig abgebrochene Jugend der Söhne. Ihre Jugend, die plötzlich nur mehr ein Erinnern, kurz, an hektisch aufpickende Freuden.

Jetzt bei ihm, aus der Rolle des Sohnes in die Rolle des Vaters, jetzt über seine Wangen diese Tränen des Ungewissen, diese Tränen über die Jugend seiner Zwillinge. Als im September neunzehnhundertneununddreißig der nie rumorlos gewordene Himmel wieder aufrumort, auf ihrem Genick der Druck ziehender Kälte.

Der Arbeitsdienst als erste Station, durch den die Zwillinge immer weiter zusammengeschweißt. Zunächst, schreibt ihr Vater, schreibt der Urgroßvater, dass *Drill*, das Wort das sich jetzt laufend wiederholt, dass *Drill* den Zwillingen nicht schlecht angeschlagen. Dass *Drill* ihnen gut gekommen. Bevor sich dann über Weihnachten eindeutige Schatten des Kommenden
verlegt dann
verkreuzt

Das einzig Tröstende damals, dass die Zwillinge noch lange nicht volljährig, dass noch Zeit, noch Hoffnung, sie nicht einrücken zu sehen.

Bis dahin nur ein paar Sprünge, als würde es sonst zu sehr schmerzen. Zum Beispiel, dass der Urgroßvater neunzehnhundertzweiundvierzig, als wäre die Zeit außerhalb von uns immer klüger, immer vorauseilend, wissender, nach Pécs gereist. Zur Stadt, deren traurige Konturen, schon zwei Jahre danach, er noch nicht erahnt, noch nicht erahnen konnte. Und dennoch, wie unterbewusst sein Fahren in die Stadt, wie um vorzutasten schon ihre traurigen Konturen, die ihn zwei Jahre später ergriffen haben werden: wenn der eine Sohn darin, also am Friedhof der Soldaten, sein Sohn, der gefallen sein wird.

Wie jetzt die Generation der Söhne, der letztens noch Ungeborenen, dasselbe Spiel spielen an der Front wie ihre Väter, die damals erst Söhne. Dieses Wiederholen, immer weiter, bis zu uns hinein ein verkrampfen
nachkrampfen

Inmitten noch von Bombenregen, von seinem weiterwachsenden Strömen, das Erkalten, endgültig, der Nerven: ihr Erkalten im Jahr der volljährigen Söhne. Gleichzeitig zur Volljährigkeit, das heißt ihrer Tauglichkeit, das Angebot für das Haus über dem See. Gleichzeitig zu ihrer Tauglichkeit das Fliehen der Familie aus den Flammen der Stadt zum Haus Nummer 31, das am Waldrand, das fliegt über dem See.

Im stündlichen Wachsen der Frontopfer, im nahenden Abgang der Söhne, definitiv, an die Front, neunzehnhundertvierundvierzig, ausgerechnet noch im letzten Jahr, das Fliehen in die hölzerne Veranda, das endgültige Über-

siedeln. Ausgerechnet noch im letzten Jahr auch noch dieses zweite Wiederholen der Szene. Dieser Szene mit den Tränen, endgültig, über das Einrücken der Söhne. Die Tränen des Abschieds,
vorm gletschernen berg
unter kastanienarmen
endgültig
ungewiss

Wieder, eine Generation nach vorne verrückt, ein Loslassen in nicht mehr Steuerbares, hinaus aus eigener Kontrolle. Damit der Nachtschaden, der festwächst jeden Tag, aus Albdrücken, aus sinnlosem Sorgen um nicht zu sehende Leben. Nicht zu greifende Schicksale, fern in
verrinnende finger
hinein

Schon in den ersten Tagen: der Granatsplitter im Auge des einen, im Auge des bald fallenden Sohnes, dann immer weiter fallenden Bruders.

Schon in den ersten Tagen sein Zurückkehren nach Hause, um bei den Eltern zu genesen. Die Freude der Eltern, ihre Gewissheit um dieses eine Leben. Ihre Gewissheit, die verstärkte die Ungewissheit um das Leben des anderen. Sie wechselten sich ab, die Zwillinge, in An- und Abwesenheit. In Wiedersehensfreude und Angst um den zweiten. In Leben und Fürchten um Tod.

Kaum genesen, wieder vermisst, das Wählen der Eltern zwischen gefallen, gefangen. Das Beten, Klammern, mit allen Fasern. Bis seine Karte gekommen, dass er mit seinem Regiment nach Ungarn transportiert.

Das Aufatmen fast gleichzeitig zum darauffolgenden Schlag. Durch Zufall, immer reinen Zufall, die Information, dass kurz nach dem Werfen der Karte die schwere Verwundung. Unmöglich mehr zu erfahren, unmöglich wen zu fragen, dadurch das Weiterschweben, ob es nicht noch ein Irrtum.

In der Schwebe bis zum Schlag des Briefes, fast einen Monat danach. Des Briefes, der bestätigt den neunzehnten November neunzehnhundertvierundvierzig.

Mehr hätte man nie erfahren, mehr als den Todestag, den neunzehnten November neunzehnhundertvierundvierzig, und den Todesort, am Brückenkopf Apatin. Wenn nicht wieder ein reiner Zufall, ein ehemaliger Bekannter das Fallen des Fallenden gesehen. Wenn nicht ein ehemaliger Bekannter einen Brief über sein Ausklingen, seine letzten vierundzwanzig Stunden geschrieben. In allen Einzelheiten über das Ableben des eben erst Aufblühenden, als einer von *unzähligen namenlosen, stummen Helden, dieses sinnlosen Kriegs, der Tag und Nacht im schwersten Trommelfeuer vorgeschobener Beobachter heldenhaft seine Pflicht erfüllte, bis ihn sein Schicksal erteilte, ruht er nun im Heldengrab am Friedhof in Fünfkirchen (Pecz).*

Das Trauern um abgewürgtes Jungsein am eisglatten See,
in klarer Winternacht.
Es bleiben seine saugenden
seine aufmerksamen augen
hell
seine stimme
ihr lachen

Geschehnisse überlagern das noch lange Leben der Eltern,
das Überleben des Bruders. Ein Spulen in alle Richtungen,
das sich legen wird als Tuch auch über wieder kommende
glückliche Stunden.
Wie eine Leichtigkeit
eine absolute die
gebrochen
nicht mehr
fliegt

Ins Trauern hinein das Unwissen der Urgroßeltern, ob sie auch den zweiten Sohn verloren. Bis am Tag vor dem Abreißen des Postverkehres, gerade noch rechtzeitig, sein Brief, die Erlösung. Der Großvater noch unwissend über den Schlag der Familie. Aber bei seinen Eltern ein Aufatmen, ein Sinn, der wieder fließt. Im Lesen seiner Zeilen
aus amerikanischer Gefangenschaft
das klammern fest an sein
leben

mitten im zerstückeln von generationen
das sich verlierende erschrecken:
wie schnell man sich gewöhnt
an das toben
wie schnell der krieg zur normalität
stille zur bedrohung

wie schnell ein umstimmen
in dem sich das reale
mit dem irrealen vertauscht
ihre seiten
verdrehen

Ins Trauern hinein die Fahrten des Urgroßvaters. Seine Fahrten immer wieder weg von der blätterfächernden Kastanie, zurück in die Stadt. Zurück zum alltäglichen, mechanisierten Werfen zu Boden, schreibt er, zu überhellen Blitzen, Orgien von Flammen. Zu Staubwellen, die alles, lebend oder tot, zu Fetzen verstümmeln. Dann immer wieder: die nachbebende Stille.
Schreibt, dass den zweiten Krieg vom ersten unterschieden das Wandeln von nationalen zu ideologischen Konflikten, das Verlieren untereinander jeglicher Loyalität, die hinzugekommene Korruption, das üblich gewordene Verraten. Dass das Einsetzen des Volkssturms ein nacktes Verbrechen, um nur nochmals hinauszuzögern, um das eigene Leben zu verlängern. Die Truppen, auch von eigenen Bewohnern beschossen. Im freudigen Erwarten, weiter das Zerschlagen. Weiter den Krieg: fortsetzen. Dass die Selbstvernichtung, weiter, zum System, dass das Wort Hitlers von den Alliierten, schreibt er, stockst du, wieder auf-

gegriffen. Das Wort, das mit wissenschaftlicher Methodik durchgeführt, ohne Halt getragen von
werwölfen mit
kronen
aus grauer
spitze

Schreibt wie jedes Mal in der Früh, beim Verlassen der Wohnung, die Frage, ob sie am Abend noch da, zum Beispiel nach den Besuchen, wie völlig absurd, von Konzerten und Kino. Jedes Mal in der Früh diese Frage, bis am Palmsonntag die Russen in Ungarn, bis der Urgroßvater am Karsamstag entschlossen, im endgültigen Verbot Wien zu verlassen: zum Haus, zur Kastanie, nochmals, für immer. Zu seiner Frau, zum gefallenen Sohn: im ersten Stock schon seine Ecke mit Rose, damals noch frisch, um sein rahmendes Porträt. Zum zweiten Sohn, noch fern, aber über ihm das Hoffen auf Leben. Vor dem Abfahren das sorgfältige Verbrennen aller Aufzeichnungen persönlichen Charakters. Noch im letzten Moment, unmittelbar bevor er sich auf sein Rad gesetzt. Schreibt, wie er durch die Nkwd hindurchgefahren, vorbei mit einem Achter im hinteren Reifen. Wie er gefahren durch Orte, die wenige Stunden zuvor unter Mittagsbomben zerfetzt. Wie er über rote
schneeflocken
getreten

Schreibt, wie er sich Tag auf Tag geschleust durch rauchende Trümmer. Mit dem Rad genau auf der Strecke, die du jetzt in gepolsterten Zugstunden durchfährst. Bei einbrechendem Schwarz, sein Schlafen im Heu. Dann weiter

die Bilder, Tag auf Tag, von rauchenden Zugteilen, dann weiter der Geruch, Tag auf Tag, von verbrannten Leichen. Von wartenden Ermordeten, die zur Seite der Gleise gekehrt, neben die Wartenden, die überlebt. Sein Sorgen auf der Reichsstraße, maßlos überfüllt, dass sie herausfallen, die anderen Leichen, also aus den Zugabteilen, hin und her. Am Engpass, dass sie herausfallen beim Passieren. Sein Treten, Weitertreten aus kraftlosen Beinen durch überreizte Haufen von Menschen. Sein Treten, Weitertreten zwischen Bombentrichter an Bombentrichter. Im strömenden Treten diese Straßenszenen, die sich eingedrückt, diese Kolonnen von KZ-Häftlingen, im Fußmarsch nach Westen. Wie er sie ohne innere Regung nur mehr
r e g i s t r i e r t gleich darauf
vergessen

seine ruhe nach der flucht
für hergenommene nerven
im haus das am waldrand
das schwebt
über dem see

darin wieder aufgenommenes atmen
wieder ansetzende knospen
bis bald ein neues
erwachen

Schreibt von einem Rasen in angespannte Apriltage hinein: wer den Kastanienort besetzen wird, diese Gletscherluft in seiner Nähe zum großen Lager.

Dann immer wieder, doch noch, ein künstliches Atmen, Beatmen. Dann immer wieder, doch noch, das Verkünden einer noch kommenden Wende.

Er hat den Vergleich gehabt, der Urgroßvater, zum Zusammenbruch neunzehnhundertachtzehn. Schreibt über die jetzt noch viel *krasseren* Formen, nach Hitlers Überleben am zwanzigsten Juli neunzehnhundertvierundvierzig über das noch viel *krassere* Brechen. Inmitten von Gehirnblutungen, von Tobsuchtsanfällen sein frohes Verkünden durch alle Leiden noch weiter immer weiter die
schönste
strahlendste
zukunft zu
bereiten

Schreibt über den eisernen Vorhang, der sich gelegt über Wien. Über den Vorhang, unter dem man nichts gehört. Aus dem man nichts vernommen, dann nur das Sickern der Nachricht, wieder durch Ruhe vor Sturm,
wieder wie völlig absurd,
dass die Philharmoniker wieder Konzerte geben.

Schreibt über die schneereichen Tage Mitte April neunzehnhundertfünfundvierzig, der abgelöst von einem trügerisch frühen Sommer. Schreibt über das Sickern der Zusammenbruchstage, wie sich Entscheidungen getürmt, wieder aufgetürmt, Entscheidungen zum schnellen Mord an der eigenen Person.

Schreibt über das Abtransportieren noch Ende April aller Fremdarbeiter, aller Kriegsgefangenen vom See. Schreibt über die Erklärung des Ortes zum Lazarettort: *Lazarettort*, wo jetzt *Willkommen im Luftkurort*, genau da, wo jetzt das Ortsschild mit der Pferdekutsche hängt.

Schreibt über die Meldung am Tag der Arbeit. Dass Hitler *gefallen am ersten Mai*. Eine Stimme zwischen Realität, Kommunikation. *Gefallen* in Berlin, an der Spitze seiner Truppen. Dass er *gefallen*, es deswegen die zweiminütige Funkpause gegeben. Dass nach der zweiminütigen Funkpause, gleich im Anschluss, das Abspielen eines Trauermarsches.

Schreibt über Hitlers Verklingen, lautlos, in die Wiederaufnahme des Rundfunkalltages hinein. Über das Verklingen, unmöglich, eines Mannes, seines Wahnsinns, seiner Macht.
Unmögliches Verklingen eines Hasses,
der sich weitergetragen in eine Welt,
in der Sein oder Nichtsein immer wieder, immer weiter:
bedeutungslos.

Schreibt über die Sendung des *Londoner Radios*, erst einige Wochen danach. Erst einige Wochen nach dem Zusammenbruch die Sendung über den im Kampf *Gefallenen*: erst jetzt das Aufdecken der Lüge. Der Lüge über die offizielle deutsche Version: nicht gefallen im Berliner Kampf, stattdessen der Bericht über den Bunker der Reichskanzlei, über das Vergiften mit seiner Liebe Eva Braun.

Schreibt, wie sich in den letzten Tagen die SS weg vom See hinter Almen verschanzt. Wie sie sich auf Wiesen verschanzt im hinteren, langen Tal zwischen Narzissen, von dort immer höher.

Schreibt über das Anstellen wieder, im sicher gewordenen Zerfall, schreibt über das Anstellen der ersten Maitage wieder um elf Kilogramm Zucker, vier Kilogramm Erbsen, ein dreiviertel Kilogramm Reis. Schreibt über das Anstellen am See zwischen Gletscherzunge und Habichtskauz um Zucker, Erbsen und Reis, während im scharfen Tempo die amerikanische Panzerspitze um die Ecke gefahren. Die amerikanische Panzerspitze vorbei an der Schlange, ein österreichischer Freiheitskämpfer als Lotse.

Schreibt über diese allseitige Erleichterung im
sicheren symbol des
verlierens

schreibt über seine erleichterung
in ein wieder nur kurzes
verschnaufen

pritschen und kastanie

ritardando
verlängern
es zumindest versuchen um
dich zu schonen
als seifenblase die sich über
dein lesen legt

dein lesen wie eines romans
um die bilder in
crescendo
nicht als real zu nehmen
sie zu umhüllen
in schützende fiktion

Um das *Crescendo* zu fiktionalisieren, im Kopf nicht wahr zu sehen: mehr denn je diese Notwendigkeit auf den kommenden Seiten, auf den Seiten des Urgroßvaters über Gefängnisse und Anhaltelager. Auf seinen kommenden Seiten über Wellen der Bevölkerung, die sich aufgeschwungen, schreibt er, aus Verleumdungen, Neid, Rache und Sucht. Kannst wieder nicht einordnen, weißt nicht, ob es Gerechtigkeit, sein tägliches Rechnen mit Verhaftung durch das *counter intelligence corps*. Ob es Gerechtigkeit überhaupt geben kann, im Krieg sowie in den Friedensreaktionen danach, ob es nicht viel mehr eine Spirale, die nicht aufhört sich zu drehen, sich einzudrehen. Ob es nicht viel mehr und immer ein Zahn um Zahn. Ein Drehen, Umdrehen, Verdrehen von *Greueln*, im Namen des Krieges, dann im Namen des Friedens. Ob es nicht immer auch um

Menschen geht hinter Unmenschen, immer auch um Unmenschen hinter Menschen, ob das möglich wäre.

Weiterhin dieser Druck unter neu Hereinbrechendem in ein Vakuum aus nach wie vor eingestelltem Postverkehr, aus nach wie vor knappen Mitteln zum Leben. Schreibt vom Beschaffen von Fett am schwarzen Markt, von seinen fantastischen Preisen. Schreibt über ein flottierendes Entstehen von Gerüchten, von Anschwärzungen. Von Plünderungen, von seelisch entstellten Häftlingen aus aufgelassenen Lagern. Schreibt: von einem Tabu.

Schreibt wie nach dem ersten Jahr wieder Frieden auf einmal die Gendarmen unter seiner Kastanie. Die Freiheitskämpfer am Schotter vor der Veranda. Wie sie ihn um die Briefe des geflüchteten Gauleiters gebeten. Wie er versichert, zwecklos, dass er ihn persönlich nicht gekannt. Wieder: welcher Seite vertrauen.

Die lange Einvernahme danach, die Durchsuchung des Schwammerls, das heißt die Durchsuchung des Hauses, das am Waldrand, das über dem See. Mehrere Tage die vielen Augen durch Äste der Kastanie. Mehrere Tage sein Zittern um Konsequenzen, um Konsequenzen von *Gehässigkeit,* schreibt er, wieder und wieder, dein Fragen.

Dein Fragen über das Kreiseln, wie man aussteigen kann, ob das geht überhaupt. Spürst den Zorn des Urgroßvaters, der dich erlegt. Nicht, weil es Zorn ist. Sondern weil du nicht weißt, ob es echter oder gespielter. Er überfordert dich, dieser Zorn, der echte jedenfalls, über das Verbotsgesetz vom achten Mai neunzehnhundertfünfundvierzig. Das Verbotsgesetz gegen ehemalige Parteigenossen, vor allem gegen die Illegalen, zwischen neunzehnhundertdreiunddreißig und neunzehnhundertachtunddreißig. Spürst, wie ihm gebangt zwischen Gletscherzunge und Habichtskauz vor Vernichtung jeglicher Existenz. Wie ihm gebangt vor *Diffamierung, neuen Gesetzen des Hasses,* schreibt er: wie dazu stehen. Schreibt: *im Namen von Gerechtigkeit,* es wäre ein *Wenden von Elend und Leid. Ein Wenden im Namen von Kollektivschuldlüge.*

Dein Zittern beim Lesen, beim Tippen, immer weiter: wie sich die Ängste vor seiner Entlassung realisiert, wie er herausgegangen ohne Abfertigung, ohne Anspruch auf Pension. Wie er durch die Wirtschaftssäuberungsgesetze seinen Beruf verloren, die österreichische Staatsbürgerschaft, seinen Titel, sein Vermögen. Mit dem zwölften September sein Stehen vor der absoluten, vor der absolut undurchdringlichen Sichtlosigkeit. Sein Wundern über die vorhandenen Ressourcen, über seine Reserven, die sich gegen innere, gegen äußere Wellen gebäumt. Sein Wundern, wie er klaren Kopf bewahrt bei den Strafarbeiten, bei der Arbeitssühnepflicht, mit Krampen und Schaufel, mit bloßen Händen sein Reinigen von Latrinen.

Dann am elften März neunzehnhundertsechsundvierzig um zehn Uhr dreißig der Gendarm mit dem Haftbefehl vor der Veranda, das Rasen von kommenden Schleifen. Seitdem das Rasen des Urgroßvaters durch Internierungslager und Gefängnisse, sein Fragen nach dem Grund, wieder: blind oder heuchelnd. Dieses sein Fragen nach

dem Grund hinter *Diffamierung*, schreibt er, sein Halten einzig und allein, sein Glauben an Aufklärung, irgendwann.
ist es schein
scheint es
dass es ist
fragst du in dein bitten

Fragst du in dein Bitten nach Unschuld, für die er getreten. Dein Zweifeln, fast dein Wissen. Wie weit es geht, das Verbotene zu fragen, innerhalb von Familie. Wo selbst die Angst verboten, selbst das Tabu. Dann: Wie weit es geht, das Verbotene zu fragen, außerhalb von Familie. Wo selbst die Angst verboten, das Tabu. Was wir gemacht hätten, also nicht jetzt im Nachhinein, sondern so mittendrin.

Schreibt über diese eine Nacht nach dem Haftbefehl. Diese eine Nacht, um im Haus
das am waldrand
das über dem see
seine Sachen zu ordnen. Dann am zwölften März um vier Uhr früh das Überführen als politischer Häftling in das Bezirksgericht Zelle 16.

Dieses Gefühl der bedingungslosen Freiheitsberaubung, schreibt er, als *über die Maße Verdächtiger.* Dann sein Resignieren. Sein Hocharbeiten in der neun Quadratmeter großen Zelle, in der bereits fünf Mann. In der er als zusätzlicher Platzräuber zunächst die Pritsche beim Kübel zugeteilt. Sein Schlafen, wach, bis zu seinem Nachrücken um einen Platz, drei Nächte danach.

Das rasche Einfügen in die Zellenordnung, in die Eigenheiten von immer wieder *zurecht* und *unrecht* Denunzierten.
Schreibt, dass fast ausschließlich die ehemaligen *Angehörigen Format und Haltung* bewahrt. Dass die anderen bei den C.i.c.-Verhören *würdelos* zusammengebrochen. *Zur Freude der Einvernehmenden,* schreibt er. Wie lässt sich die Linie ziehen zu dir. Diese Linie
sogar eine direkte
sogar aus blut
bestätigen
was machst du
mit ihr
Kannst nur weiterstocken über Zeilen, weiterstocken zu Sätzen über lichtscheue Elemente, über Hochstapler und Schieber, die ihr Ehrenschild immer wieder reingewaschen, die dem politischen Turm überlegen.

Schreibt über die verhältnismäßig gute Kost, aus dem Nonnenkloster geliefert. Über das einzige Erwärmen durch auf und ab Rennen im Zellengang, durch seine
fünfzehn schritte auf
fünfzehn schritte ab

Diese verzweifelte Ähnlichkeit mit einem eingesperrten Tier, vervollständigt beim Hinaufziehen am Gitter des Gangfensters, um etwas verbotenes Freisein zu schnappen, um einen Hauch, einen Blick in Luft zu werfen.

wie stehen zur schuld von familie
ob sich nicht immer verteidigung
über sie legt
was tun mit mitleid oder
fehlendem mitleid
wie soll man es dann nennen
wie das steuern
in angemessene wege

in welchem ausmaß belastet fragst du
und dann:
ob es nicht so
oder so

gerechtfertigt in das innere eines
gefangenen menschen zu tauchen
der wie auch immer jedenfalls
in zermürbender
position

ob es nicht so
oder so gerechtfertigt
das zu sagen
also: *in zermürbender position*

unabhängig ob *verschuldet*
unverschuldet
muss man alles mit oder
ohne anführungszeichen setzen

ob es nicht so
oder so gerechtfertigt
seine *ängste* zu sagen
also die ängste immer noch
eines menschen

ein recht auf sie zu zeigen
in zeilen die nicht
entscheiden
warum

Sie springt heraus, seine wachsende Demoralisierung. Seine nicht zu berechnenden, aus der Hand gegebenen Attacken von Panik.

Im Verhör das Herausfiltern der Anklage, des Verdachts seiner intimen Freundschaft mit dem Gauleiter von Oberdonau. Des Verdachts vor allem seiner Arisierung von Dosag und Haus, das am Waldrand, das über dem See.

Tatsächlich, schreibt er, sofort die ersten drei Punkte widerlegt. Widerlegt durch Originaldokumente. Wieder: *nicht zur Freude des Einvernehmenden*, schreibt der Urgroßvater.
wieder: wie man sie ernst
nicht ernst nehmen kann
diese zeilen
wie man sie glauben
nicht glauben
kann

Dann sein weiteres Abtransportiertwerden in einem LKW zu zwölft, hoch bewacht, scharfer Luft entgegen. Die Einschleusung mit Gepäcks- und Leibesvisitation durch einen ehemaligen Lagerhäftling: diese Bilder zu heftig. Über ihre Kopfschmerzen hinweg liest du weiter über seine anschließende Ablagerung am Dachboden mit zugenagelten Fenstern, dicht an dicht. Zwischen den genagelten Fenstern, dicht an dicht, künstliches oder ganz fehlendes Licht. Das Dach direkt über den sitzenden Köpfen. Das Dach, unter dem sich bis zu hundertzwanzig Mann auseinandergekauert, hermetisch abgegrenzt von äußerer Welt.

Das Eindrücken, das schnelle Umherschwirren von Gerüchten, besonders die aufgebauschten Schauermärchen von Kameraden, die auf die Nerven ihrer Schlafgenossen gewirkt wie eine Infektion.

Hier, in Station Nummer zwei, auch Besuch verboten, auch verboten der fünfzehn-minütige Spaziergang, die fünfzehn Schritte auf, fünfzehn Schritte ab. Das Gewöhnen, schreibt er, an unzureichenden Fraß, sein Würgen aus Menageschalen, schreibt er: Überbleibseln, verrostet aus dem ersten, aus dem Krieg davor. Wie um die Linie zu halten. Das Bitterste, schreibt er: ohne Zigaretten, ohne Drogen, unbeeinträchtigt wahrnehmen. Ohne Zusatz: hinunterschlucken.

Das Kloverbot zwischen acht Uhr abends und acht Uhr früh, stattdessen der Benzinkanister im Raum, der schon um ein Uhr übergegangen. Daneben die einzige Waschmuschel. Rundherum die dreifach übereinandergestellten

Holzpritschen. Auf ihnen Strohsäcke, die dank Kälte ungezieferfrei. Die Holzpritschen, auf denen man durchgeharrt, abgewartet die regelmäßigen Inspizierungen. Abgewartet, für wen sie endeten mit Kuri, das heißt Korrektion bei Wasser und Brot. Abgewartet, ob Kumulativstrafen entschieden, zum Beispiel der Entzug der Menage für *Hunde* und *dreckige Schweine*: ihre Kosenamen bei der Inspektion.

Links und rechts dieses fensterlose Hauptlager eingesäumt von Hasenställen. Also von kleinen Abteilungen, die durch Holzwände getrennt, die durch Holzgitter gegen den Gang geschaut. In denen es außer Pritschen nur Licht, sonst nur luftlosen Raum gegeben. Schreibt, dass diese Räume, hin oder her, jedenfalls kein *Ruhmesblatt* in der Geschichte der amerikanischen Demokratie. Schreibt, dass sie ein *Schulbeispiel* dafür wie Menschenwürde, für die gekämpft, gleichzeitig umgangen.

Bei der LKW-Fahrt, aufs Neue, kurz darauf. Wieder: verstaut zu fünfundzwanzig Mann. Bei mörderischem Tempo, das sie wie gewollt zu halben und ganzen Toten geführt. Und doch sein Genuss irgendwo, sein Genuss durch diese abrupte Sicht auf freie Welt. Am ersten April, an einem heißen, fast Sommertag, nach dem Rundblick noch auf weiße Bergspitzen: seine Einschleusung wieder, nach Leibes- und Gepäcksvisitation. Brutal, nur als Vorgeschmack auf den dreifach stachelnden Draht. Brutal, nur als Vorbereitung auf die Todeszone zum Lager. Das Anschießen ohne Warnung vom Wachturm, immer wieder das Erschießen auf anderem Ufer. Das Erschießen regelmäßig von in die Verbotszone verirrten Freigängern. Das Erschießen immer wieder durch die besonders rücksichtslose Regenbogendivision. Zum Beispiel wenn nach neun Uhr abends noch Licht. Dann sofortiges Feuer auf das betroffene Fenster. Das Männchen machen, sobald ein Uniformierter durch das überfüllte Lager marschiert. Vorbei an zwölftausend Häftlingen, alles wie ein Spiegel des Umkehrens, des Umdrehens. Alles wie ein Spiegel von Begreifenwollenden.

Durch die löchrigen Baracken trotz fehlender Hygiene ein luftiges Atmen. Wieder, auf dreifach übereinandergestellten Holzpritschen, diesmal: kein Strohsack. Diesmal: durch mangelndes Holz nur ein Zusammenhalten, gitterartig, von Pritschen. Dadurch das Aufwachen in der Nacht mit schmerzenden Gliedern. Dadurch das Erwachen in der Früh als Zebra. Mit bis zu dreihundert Schlafenden im selben Raum das rasche Gewöhnen an nächtliche Geräusche. Wie durch ein Wunder keine hemmungslosen Ausbrüche, trotz dieser überreizten Seelen, auf engstem Raum. Wieder: durch Kameradschaft, schreibt er, die beispielhaft vor allem bei ehemaligen Angehörigen der Waffen-SS. Dieses Drehen,
dieses krankhafte tanzen
von rhythmen
die deinen schlaf nehmen
deine haut lösen

hast angst vor diesem wahnsinn
der die kraft hat
dich in einen strudel zu
ziehen
in dem du nichts
nur b l o c k i e r e n
kannst

Durch das Verwalten des Lagers noch als Kriegsgefangenenlager, die zwar schmale aber gute Verpflegung, sogar mit Nachschlag. Also sogar mit Verpflegungszusatz für Unterernährte, für ein ärztlich festgestelltes Mindergewicht ab fünfzehn Prozent. So lange, bis das Lager von Amerikanern den Österreichern übergeben.

Das Wandern unweigerlich in den Ofen, was nicht niet- und nagelfest, was brennbar und nicht ständig bewacht. Das Bauen von Kochgelegenheiten mit zusammengeklaubten Hilfsmitteln. Von Kochgelegenheiten, in denen jeden Abend mit dem Inhalt von Paketsendungen Hochbetrieb. Vor allem unter den dreitausend Bauern das üppige Aufkochen, das Feiern von *Fressorgien*. Dabei fast auszuschließen, schreibt er, dass sie hungernden Mitinternierten freiwillig etwas gegeben. Stattdessen der Zwang, als Paketempfänger einen Nichtpaketempfänger *mitzunehmen*.

Zweimal die Woche die sogenannten Schreibtage, das heißt die Erlaubnis, je einen Brief mit einer bestimmten Zeilenzahl zu versenden, der wie die eingehenden Briefe stark zensuriert. Zur Bestrafung das Entscheiden zwischen Einzel-, Spezial- und Kumulativstrafe. Darunter stundenlanges Habachtstehen, Paketsperre, welche aufgrund des Hungers besonders gefürchtet. Darunter die Einzelhaft in einem Zweiercompound im Freien, in einem Drahtkäfig bei Wasser und Brot. Darunter das Drehen von Runden durch den Compound, beladen mit Klötzen aus Holz. Dabei das Zusammenbrechen nach wenigen Runden.

Das demütigende Bewusstsein von Gitter und Draht, von Bewaffneten umzäunt, von Verboten umsponnen. Der seelische Druck durch Unsicherheit des weiteren Schicksals, durch Sorge um Familie und Existenz. Durch das Walten von Unberechenbarkeit, das Erliegen in fremden Scherzen. Ergreifend darin, immer wieder, die seltenen Leichenfeiern, *ergreifend*, schreibt er, in ihrer *schlichten Einfachheit*.

Das Durchführen immer wieder von demokratischen Umschulungskursen. Davon die Vorführung der *Todesmühlen*, die auf die müden Blicke keinen Eindruck gebracht. Also nicht einmal die ausgemergelten Gestalten am laufenden Band: die sich hier, schreibt der Urgroßvater, was du wieder und wieder nicht tippen kannst, schreibt er, die sich hier *umgekehrt*. Wie lässt sich die Linie ziehen zu dir. Diese Linie
sogar eine direkte
sogar aus blut
bestätigen
was machst du
mit ihr

Schreibt, wie trotzdem, wie immer alles Lebendige nach Leben strebt, auch in seinen lebensunwertesten Erscheinungen. In der ständigen Hoffnung auf bessere Zeiten, auf geistiges und körperliches Bewegen, jenseits von Draht. Wie trotzdem überall, immer wieder aufs Neue, das Befreien, das sich selbst Herausziehen mitten in schlimmster Bedrängung: wie trotzdem überall, wie doch wieder ein Zusammenraufen zu Blicken aus Licht. Wie sich unter allen Umständen das Lebendige organisiert, die Revolte durch Ablenkung, sogar durch Erheiterung: zum absurden Trotz die Varietebühne, der Chor, die Schrammeln und Mundartsänger, bis hin zu einem Jazzorchester, schreibt er, das *großstadtreif*. Zum absurden Trotz die Sprachkurse für Anfänger und Fortgeschrittene, die Vorträge aus allen Wissensgebieten zwischen sechs Uhr morgens und einundzwanzig Uhr. Zum absurden Trotz das Entwickeln von handwerklichen, kunstgewerblichen Talenten: wo man hingeschaut, ein Basteln und Hobeln, Schleifen und Musizieren. Wo man hingeschaut, das Kreieren zum Trotz, erst recht, das Kultivieren von Körper und Verstand, die Ausstellungen und Sportfeste, das Spielen von Bridge und Schach, hemmungslos, erst recht.

Und dennoch dieses Toben: ein Toben nur von schaumgebremsten Trägern. Echter die Freude von hoffnungslos Entwurzelten, die Beruf, Familie und Haus verloren, für die das Lager das Zuhause geworden. Die versucht, mit allen Mitteln ihre Entlassung zu verhindern.

Regelmäßig ein Freitod, ansteckend, als Beginn einer Serie.

Bis irgendwann der Aufruf des Urgroßvaters, am einundzwanzigsten Oktober neunzehnhundertsechsundvierzig, also zwei Jahre nach dem gefallenen Sohn, fast auf den Tag genau. Bis er aufgerufen mit Gepäck zu erscheinen, zur Freilassung oder doch zum weiteren Abtransportieren. Unter den aufgerufenen Kameraden nur Kriegsverbrecher: damit das Erlöschen seiner Hoffnung, wiederum, der trübe Abend davor.

Nach schon routinierter Gepäcksvisite, nach schon routiniertem Daumenabdruck, wieder das Verladen in den LKW, wieder die bittere Kälte, wieder das gefürchtete Tempo. Zum amerikanischen Speziallager in der Fliegerschule am ebenen See, von seinen Ufern später in Großmutters Schränken nur Gmundner Geschirr. Sofort in die Hasenställe, ungeheizt, die jede Bewegung erstickt. Gleich darauf wieder verladen, zusammengedrängt wie Heringe, immer tiefer unter dem Nullpunkt, Stimmung wie Temperatur. Durch die bösen Zungen, die man über Gefängnisse der Hauptstadt vernommen, das Zerbrechen des Kopfes nach dem Grund. Nach dem Grund für seine Mitreise.
wieder:
ist es schein
ist es blindheit
ist es ein ehrliches fragen

Noch schnell den Brief aus dem Auto geworfen zur Verständigung seiner Frau. Du fragst dich, wie er zu ihr gekommen, dieser Brief, geworfen, so aus dem Lagerraum. Mit dem Gepäck das Marschieren zur Liesl, das heißt zum Polizeigefangenenhaus der Rossauerlände. Mit acht Kameraden in die Zelle zehn a. Die für die Bezeichnung eine zu mindere Verpflegung durch *Negerschweiß* in der Früh: das heißt durch schwarz gefärbtes Wasser, mittags die Wassersuppe mit der Scheibe Brot, abends wieder *Negerschweiß*, dazu das verbotene Rauchen.

Wieder weiter im grünen Heinrich, im Wagen nur mit Häftlingen, zum Quartier am Votivkirchenplatz. Dass er die Entlassung des Urgroßvaters, sagte der Einvernehmende, so lange er etwas zu reden, verhindern würde. Dann nach gründlichem Zeremoniell, nach langem Bad, die Überführung ins graue Haus. Ins graue Haus, mit dem du begonnen all seine Zeilen zu lesen, all deine Zeilen zu schreiben. Das graue Haus als Ort des Verfassens seiner Zeilen, am Deckblatt notiert der braunen Memoiren.

Die Wände, die gestarrt vor Schmutz und Ungeziefer. Kaum das Erwehren in der Nacht vor den Wanzen in der sieben Meter großen Zelle 181. In der Zelle bereits fünf Mann, zwischen vierstöckigen Betongängen die rasant aufkeimende Wut. Wut, sich stauend in Absperrung, bedingungslos in jeder Regung des Körpers. Näher kommende kahle Wände, nur von Ungeziefer gemustert. Wie es dabei nicht hätte kommen können zu den gefürchteten Haftpsychosen, zu nervenpeitschenden Schreien, ihrem animalischen Ende in sogenannten Toberzellen.
Unter seiner Zelle die Köpflerzellen mit den zum Tode Verurteilten. Bei geöffnetem Fenster das Vernehmen eines jeden Geräusches. Aus dem Galgenhof die Justifizierung, jedes Mal, bei Sonnenaufgang. Später,
um nichts zu hören,
der laufende Motor.

In dahinkriechenden Stunden dieses eine Bild, das sich von allen am klarsten in dich geprägt: von seinen Umrissen in der dunklen Zelle, von seinem Gedanken, seiner Angst, *nie wieder* die Welt der *Bäume* und *Blumen*, der *Frauen* und *Kindesliebe* zu sehen. Durch dieses drohende *nie wieder* sofort dein Impuls, dein Drang, gegen ein Vegetieren zwischen Selbstschutz und Resignation. Umgibst dich mit Luft gegen dieses Aussaugen von Kraft, gegen dieses Abstumpfen von Sinnen.

Jeden Tag aufs Neue das Wecken durch hartes Klopfen hinein in einen noch längeren, noch zweckloseren Tag. Bevor es ihn wieder gepackt bei den wieder gestatteten fünfzehn Minuten. Also beim wieder gestatteten Atmen von Luft, beim Zweiermarsch fünfzehn Minuten im Hof. Bevor es ihn wieder gepackt beim Abdrehen vor allem des Lichtes um zwanzig Uhr.

Über Klopfpost das Eintreffen von Zeit. Zum Beispiel von der Zeit der begehrten Messen, als Gelegenheit Bekannte zu treffen: auf keiner Bank auch nur eine Handbreit frei, alles besetzt aus Sehnsucht nicht nach Beten, sondern aus Sehnsucht nach Gesichtern, nach Musik. Wie ein unmöglicher Zauber, ein Entrücken, unkontrolliert hinaus aus den Mauern in einen Raum. In eine Art Welt, mit der sonst nur Kassiber, das heißt geschmuggelte Briefe, Kontakt hergestellt.

Zeitgleich zu kursierenden Nachrichten über seine Entlassung, die erneuten Denunziationen. Darunter als goldener Ehrenzeichenträger, das heißt als Parteimitglied seit neunzehnhundertdreiundzwanzig, was ihm später gelungen zu widerlegen. Dazwischen weitere Wintermonate, umso frostiger im Wissen der wiederholten *Verleumdung*, schreibt er, so kurz nach erblinzeltem Freisein.

Sein Verweigern von Schuttaufräumungsarbeiten, damit das Sich-Nehmen von Geheimverkehr, von echtem Licht. Durch das Verweigern, sich in blau
weiß
gestreifte
Hosen zu stecken. Dafür die Strafarbeit im Rübenkeller, erst recht, ohne Licht.

Gegen das Frieren seine eiserne Konsequenz, seine Freiübungen mit nacktem Oberkörper. Das Durchleuchten von, sein Beharren auf Lebendigem. So auch sein Schreiben jeden Tag ein paar Stunden von Zeilen,
auf die du jetzt deine Arme stützt,
den Kopf zwischen Händen.

Nach den dreizehn Monaten Haft, die nur der Untersuchung gegolten, das Verfahren mangels strafbaren Tatbestandes eingestellt. Das Richten, selig, seines Koffers. Der Neid rundherum. Endlich das Öffnen der Zelle durch einen Kas. Dann: dass die Amerikaner ihn nicht freilassen. Das Zurücktransportieren. Zum ersten Mal schlapp, der Anfall, seine Ohnmacht.

Eine knappe Woche später, durch den Druck der Justiz, wieder an einem Montag, der erste Besuch seiner Frau: dann doch, wie sie ihm seine endgültige Entlassung

verkündet. Mit ihr gemeinsam am vierundzwanzigsten März neunzehnhundertsiebenundvierzig sein Treten
hinaus zwischen aufspringende schneeglöckchen
sein zurückkehren zum haus
dessen holz
sich langsam
erwärmt

Daraufhin die Einstufung als *Minderbelasteter.* Regelmäßig seine Sühneabgaben, der Saldo für seine Mitgliedschaft.
seither im haus
das am gletschernen berg
am waldrand
über dem see

Seither das ruhige Leben eines Pensionisten, schreibt er, *in dieser einmalig schönen Gegend.* In geistiger und körperlicher Anregung,
trotz still sich weiter tragender Ächtung.

Kannst mit diesem Ende, wenn auch nicht atmen, wieder aufatmen. Verstehst noch mehr dieses sein Bedürfnis, nur noch auf Berge zu schauen. Dieses sein Bedürfnis, das zu deinem geworden. Verstehst noch mehr diese Sogwirkung des Hauses seither, über Generationen bis zu dir getragen. Seither wie eine Notwendigkeit, diese absolute Idylle. Seither wie ein Gegengewicht zu Schwere, ein Vergessen, in dem es lauert. Wie eine Ruhe, durch die es zieht.
Versuchst, Anspannungen zu lösen aus deinem Körper. Seine Schmerzen durch das zu nahe Rücken einer Zeit, hautnah, von der du bisher nur Distanz erfahren.

Fühlst dich gezwungen nach diesen Silhouetten zu mehr Leichte. Es erdrückt dich umso mehr, erst recht, das Hinterlassene
das sich in dich schleust
dieses leben geformt
von krieg zu
krieg
als konstanteste
säule

Und doch sein angstvolles Beharren auf menschlicher Freiheit, die sich nur im Abstrakten versteht. Nach seinem Leben in allen Regierungsformen, von einem leichten Jungen zu einem gepanzerten Mann. Zu einem gebrochenen Alten, der überlebte
sich überlebte
im wunsch seinem atem
noch abzugewinnen
was zwischen beklemmenden
spannungen
an schönheit
wieder möglich

im wunsch oder einem hoffen
dass gänzlich aus den fugen geratenes
wieder zusammenwachsen
dass man sich am leben
wandeln kann
um die noch verbleibenden jahre
über seinem zucken
zu stehen

venen und dröhnen

das streifen ihres
armes
über deinen

das zulassen einer
nähe

der die großmutter
bisher
misstraut

vor der ihre stille
dich gewarnt

wie vor einer mauer
gegen ende einer langen
straße

dass sie dir so alles gute
wünscht

fragt ob du glücklich
wirst
dass ihr das nicht
egal

ihre augen die
wissen
es nie erfahren

in ihrer wohnung der
abgestandene geruch aus dem schrank
als ob er vom großvater
das letzte mal
geöffnet

als ob sein atem
noch darin
aus einer anderen
zeit

der stein am strick der
hängt von der türklinke
am boden
um die tür zu halten
damit sie sich nicht öffnet nicht
schließt
im windhauch ohne
kontrolle

öffnest die tür mit
dem stein am strick
zum zimmer des großvaters
sofort: das foto mit seinem vater
dem langen eleganten mann
neben ihm seine mutter
ihre dünnen waden

sie stehen vorm haus
nach dem zweiten krieg
du weißt nicht
ob man ihnen etwas
ansieht
ob du es bist
es dazu überlegst

zum beispiel
dass der großvater in seine haltung
gerutscht
also genau in die haltung seines
vaters deines
urgroßvaters
in sein liegen unter der kastanie
mit aufgefalteter
presse

gleichzeitig das foto
schon in farbe
wieder: fast ein halbes jahrhundert
danach

wieder: schon eine andere zeit
drei generationen vereint
auf der stiege
vor der veranda

auf deinen winzigen backen
das so kurz anhaltende neu
die so kurz angehaltene
gegenwart

dann wieder vergangen
das porträt des urgroßvaters in
der grauen ledernen hülle
wieder: ob man sie ihm ansieht
dem jungen gesicht
die verluste
die durchstandenen bilder

in der anderen seite der
grauen ledernen hülle
das foto seines kameraden
im krieg

als würde immer alles weiter
kreisen
zieht es dich zum foto am schreibtisch
seit dem tod des großvaters
darüber wie ein tabu
seither das übersiedeln der großmutter
in die hintere kammer noch
hinter der küche

zu diesem foto auf seinem schreibtisch
mit der älteren schwester der großmutter
der malerin mit vierundzwanzig jahren
ihre locken im gesicht
ihre tochter in armen

1944
steht hinten am foto
das jahr mit dem baby in armen
auch das jahr des gefallenen
ihr verträumter blick
den der freitod der schwester
gerade noch nicht berührt

es ist wie ein eindringen in
abgewürgte räume
deren geschichte nun stillsteht
im bisher geschriebenen
verbleibt

unmöglich sie mit gegenwart
zu überschreiben
die spiegelungen der
vorfahren darin

jedes mal ein weiteres schließen
ein wiederholen ihrer
durchzeichnenden konturen
ihrer ausgemalten
formen

stemmst dich gegen ihr verbleichen
dass die farben über jahrzehnte
nicht halten
in den gesichtern
verblassen
dass dagegen die schwarz
weißen
ihre konturen
nicht verlieren

wie beim berühren der stoffe
des sofas
dein tasten
wie schon zum speichern
der blick aus dem fenster
von großvaters platz aus
neben dem kasten
darin seine eingeschlafene strecke

dieses springen
wie beim bild der schwester
zu deinem jetzigen alter
dieses *über*springen von
verwandtschaft
zu personen
die du nie gesehen

ihr übertragen von blicken
von gesten
vielleicht durch weitergebende venen
durch *die gleiche wahl von worten*
sagt die großmutter zu dir

in deinem brief an sie
genau die worte wie damals
ihre nichte im brief an den vater
deine worte genau die worte ihrer nichte
bevor sie vor den bus gelaufen:
lass es dir gut gehen

die fortsetzung in dir
ihres laufens
die schon fortsetzung war
des veronals
also im laufen der nichte vor den bus
die fortsetzung, eine generation davor,
des rades der schwester durch die schlucht
danach das veronal

siehst in die verwaschenen augen
der großmutter
blau über den freitod der schwester
den tod
frei oder nicht
der nichte

siehst wie ihre augen
verschwimmen
sich lösen zurück zur geburt
in wieder kommender
unschärfe
sich wieder einstellendem
blindsein

siehst wie ihre augen
verschwimmen
wie sie sich nach unten
richten
genauso wie abfallende blätter
nach prallem sommer
sich wieder abwärts drehen
nach unten biegen
wie schlüpfende
knospen

dann euer fingerlaufen
über verstimmte tasten
euer spielen mit-
nebeneinander

für eine leichtigkeit euer
einhören in zwei melodien
die ihr zu einer
formt

dann euer drehen im park um
maria theresia
für eine leichtigkeit euer
abgehen von figuren
ohne geschichte

viel mehr noch euer drehen
um die vier brunnen
der versuch eure abmachung
euch zu merken
das nacheinander von
konstellationen

zunächst der verliebte blick
er schenkt ihr eine kette
aus perlen
um ihre schlanke
brust

dann schon beim zweiten
das bedrohliche
der fisch mit offenem maul
den er ihr hinstreckt
ihr abwenden
sein bein zur flosse neben
dem krokodil

dann wieder das liebliche
zwischen dem älteren
der nixe
war es eine?
merkst wie gegen euer ziel
euer gedächtnis sich
löchert

am ende beim vierten
nochmals die aufregung
vorm pelikan das
abwenden der frau

während des kreisens
das überfließen gesehener
fotos
in deine realität

das *über*springen unbewusst
in dein werden
aus unberührten
vergangenheiten

während des kreisens
wie leicht sie es sagt, die großmutter
wie leicht es über ihre
lippen kommt

dass man bald niemanden mehr
fragen
kann

über das unwiederbringliche
an tönen
an filmen

die in ihr
dann in dir

immer lauter
dröhnen

vermischen

haus und silhouetten

durch deine geworfenen blicke
meine gebrochenen
durch deinen zuckenden finger
meine geknickten

wie ist es möglich über die zärtlichen
über die kosenden
das auffahren in dir
wie ist es möglich über die treppen
dein schleppen

wie deine spannungen ohne
worte
deine spannungen aus stummen
schieben
aus einem ansetzen zum
springen
wie deine packenden arme
verstehen

wenn ich gegen meinen körper
deine nähe suche
um es auszulöschen
das hämmern
wie man es nicht fasst
wie man darüber
die eigene liebe legt

vielleicht war dein sinn
dass ich auch an sie denke
an die fallenden
stiegen
an das klopfen
danach

vielleicht war es dein sinn
nicht immer mit eingecremten händen
den duft der großmutter zu verbreiten
nicht immer aufs neue
mit weichem filter
nur mohnblumen zu
malen

vielleicht war es dein sinn
mit bloßen händen
deiner harten haut
auch in andere arme des hauses
zu sehen

durch deine rissigen finger
mein schwimmen auf zwei klingen
einmal dem strom entgegen
der gegen den kopf spült
einmal in lauwarmem wasser
auf dem mein rücken
treibt

auf dem mein rücken treibt
ruhig vorbei
an schon geschriebenen zeilen
zeilen die meine augen
nur nochmals
bestätigen

Wie mein Rücken treibt in dieses zweite Heimfahren im Frühling, fast drei Monate nach dem ersten Fahren Richtung Familien-, Richtung Weltgeschichte. Es ist jetzt ein Durst aus saftig gewordenem
grün

Es ist jetzt, als würden nach den Schwüngen hinauf um die letzte, scharfe Kurve,
als würde dann wieder die Großmutter warten mit dem Großvater, etwas später aus dem Haus.
Als würde die Silhouette vom lesenden Urgroßvater auf seinem Strecksessel liegen, mit seinen immer noch nachfrierenden
beinen

Als ob, kaufst du die *Presse* am Bahnhof, um in den nächsten Tagen seine Position
nachzusitzen, seine Sicht
nachzusehen

Schon die Nächte vor deiner Reise, aufs Neue, um zu suchen die Abdrücke von Kindheit, ihrer zurückfließenden Adern, schon die Nächte davor diese nie abgeschlossenen Träume mit dem Schlüssel zum Haus, um mit dem Großvater wieder hineinzugehen. Und diesmal wirklich: kein heimliches Schweifen. Diesmal ein Zurückkehren, ein Empfangenwerden von Geistern. Ein Wahrwerden des wiederkehrenden, des fremden Gedankens. Ein Wahrwerden, noch einmal zu sehen, noch einmal zu wohnen in Mauern der Vorfahren. Noch einmal zu sehen, als Erwachsene, die Wände der Kindheit: von innen.

Beim Umsteigen wieder, der Cut. Reflexe über deinen Schritten, dieselben Reflexe über rollende Treppen zum Bahnsteig: wie sie nebeneinander pendeln, die Großeltern, siehst ihren dunkelblauen Koffer, glaubst er war dunkelgrün, dunkelrot kariert. Siehst, wie sie vor dir die Strecke zum Kurzzug legen, wie der Kurzzug immer noch wartet, am rechten Bahnsteig, ganz vorne.

wieder:
an seen und höhlen vorbeigleiten
scheinbar unbewegt wie du beim vorbeiblicken
an gelesenen seiten
an orten
ihren denkmälern
an plastisch gewordenen geschändeten
plastisch gewordenen ermordeten

wie die erinnerungsorte von
symbolen von
geschichte
zu plötzlich greifbarer
warnung
geworden

gleitest vorbei an angelesenem
fleisch
fragst ob sie von innen auf die berge
den see gesehen
ob das zumindest den augen
eine milderung oder
gesteigerte
plage

und dann
wie um etwas entgegenzusetzen
dein fragen wie es gewesen sein wird
dieses wiedersehen
mit dem haus deiner kindheit
jetzt noch ersponnen

und dann
wie um etwas entgegenzusetzen
dein fragen ob im haus die räume
noch eure sein werden
also wie die vom großvater geschnitzten
ob zumindest noch ein kasten
ein regal ein holzbalken
von ihm

als würde sich etwas abrunden
schließen
kommst du wieder an
zwischen gänseblümchen und
vergissmeinnicht
zwischen wolken blühender
bäume

Projizierst durch transparent strahlende Blätter, projizierst auf den Mann, der dich abholt vom Bahnhof, über seine Schultern vom hinteren Sitz, den Großvater. Siehst im Rückspiegel wie den Großvater, der dich im Auto geführt. Siehst seine trockenen großen Hände am lenkenden Rad, seine raues Gesicht, seine weißen, nach hinten gekämmten Haare. Siehst im Rückspiegel wie den Großvater, der dir berichtet, der seine Freude, seine Aufregung nicht zeigt.

Wie es sich fügt, dass ausgerechnet dieser Mann dich chauffiert, der für das Fallen eurer Mauern verantwortlich, der dir berichtet vom Holzwurm, vom Schwamm, vom notwendigen Reißen.

Bei seinem Erzählen kommt dir die Szene, wie du einmal eingebogen bist mit dem Vater nach dem Verkauf. Wie es dunkel war, ihr nichts gesehen. Nur dieses weiße Loch:
es sei nur die *nacht* dann die
scheinwerfer ihr strahlen
durch weiße
haufen von
scherben

machst die klammer wieder zu als
genau dieses alte gefühl dieses
nicht mehr e r w a r t e n
wieder in dich kriecht
das springt immer höher aus
deiner brust
wieder:
vorbei an den schildern
ihr automatisiertes kontrollieren
wieder:
die kutsche noch da

fügst dich sofort wieder ein
in das leichte heulen des motors
in die kurven
in die wechselnden tempi
je nach hebung
je nach biegung

keine wölbungen die
überraschen erkennst jedes
auf und ab jedes
hin und her der
reifen

wie deine brust noch weiter
noch höher
springt
beim abbremsen endlich
vor der freiwilligen
feuerwehr

Beim Abbremsen endlich vor der Freiwilligen Feuerwehr bis zum Anhalten von Atem bei der letzten Ansteigung, für die der genau richtige Schwung, um nicht zu schleudern, nicht abzusterben.

Bei diesem letzten Einbiegen hinauf im Schritttempo, vorbei am Haus der Nonnen, die auch heute wieder gemeinsam ankommen mit dir.

wie es nach so vielen jahren
sofort wieder
normal
als wäre es nie verschwunden

wie es nach so vielen jahren
sofort wieder
vertraut
dieses gefühl zum haus
einzufahren

zum haus deiner kindheit
das du seit dem verkauf
nur getrennt
hinter zugangssperren
geblinzelt

wie seine nähe
unberührbar geworden
wie du sie gemieden
während du jetzt wieder schaust

was neu dazu was ewig da
und doch jedes mal:
von neuem
erinnern

es ist ein reaktivieren
vergessener erinnerungen
es ist als wäre nie
eine lücke
gewesen

nie eine lücke zwischen
den weiter gewachsenen
wieder wachsenden
löwenzähnen
deinen ausgewachsenen
nicht mehr wachsenden
zehen

es ist wie ein anschließen
wie ein auffüllen einer
sofort geschlossenen
unterbrechung

es ist ein w i e d e r
aufgreifen
ein w e i t e r
knüpfen

sofort das öffnen wie
deiner tür im
zaun
sofort der platz unter der kastanie
mit dem schotter
wo ihr gehalten immer
empfangen

fließt zeitlos in
ein noch nicht genau schauen
ein noch nicht genau suchen

gehst noch nicht über dottergelbe
wiesen
noch nicht zu großvaters bäumen
auf denen jetzt andere blüten
denselben duft
versprühen

gehst noch nicht zum waldrand
nicht suchend mit nackten
füßen
über den rasen durch den
deine zehen als kind
gelaufen

gehst noch nicht vorbei an den stauden
am kahlen nussbaum
der mit der kastanie als einziger baum
den großvater
überlebt

du hebst es
schiebst es auf
damit innere filme
dich nicht erschlagen

nur die katze die schon
streift am feuchten
zaun
während du blickst über den fernen see
in dem sich frühlingsspitzen spiegeln
aus dem mittagssirenen klingen
zu felsen
zum waldrand hinauf

zum waldrand
den du immer vom gang mit dem
rauen roten teppich
gesehen
auch jetzt um ein reh zu suchen
es an eure sommer zu
binden
dann das fallen deiner augen
auf das alte schild
dunkelblau
mit der nummer des hauses
weiß

das hausschild
auf dem noch nägel des großvaters
genauso wie auf den balken des brunnenhauses
noch seine griffe
genauso wie auf der tür am brunnenhaus
noch eure finger:
siehst wie sie materiallos auf der
klinke
übereinander
greifen

nur das brunnenhaus als sein holz
das noch steht
genauso wie das verfärbende
holz des zaunes noch seines
sonst alle mauern aus neuen
aus strömenden zirben

beim betreten des hauses wie
verstohlen wie
heimlich
dein erschrecken vor dem bunten kasten:
1738
mit den blumen und vögeln
vor diesem kasten in dem eure
rucksäcke verstaut

eure rucksäcke mit der weißen
wolle unter riemen
eure rucksäcke von denen du damals
den einen grünen mitgenommen
in seinem stoff noch
die kaltfeuchte luft
des vorderen zimmers

beim betreten des hauses wie
verstohlen wie
heimlich
dein schielen auf die beiden holzsessel im
eck der küche
die damals in der stube
gestanden

blickst kurzatmig weiter nach
gegenständen die
noch von euch
vielleicht die gamsgeweihe an der wand
der kamin ein anderer
aber die treppen hinauf
an der alten noch
an eurer stelle

dein schielen auf das fehlende
bad nach der stiege
mit dem fehlenden
singenden zwerg

vorm dachboden seinem tor
kannst du nicht weiter
fällst im jetzigen wohnzimmer
genau in den blick aus dem
ehemaligen kinderzimmer
traust dich nicht
sie an dich zu lassen
dieses sichtbare vergangensein

weißt nicht
was noch alles einströmen könnte
vielleicht auch deswegen
dein geschlossenes atmen
vielleicht auch deswegen
dein verlassen des hauses

also vielleicht um irritationen
nicht zuzulassen
dein gehen am alten wiesenweg
den abhang hinunter

dein gehen hinunter in den ort
wie mit der großmutter
wie mit ihrem korb
durch schmelzbahnen des waldes
aufquellendes gelb
dem segelnden kirchturm aus
wasser entgegen

wie sich deine fußballen wege gemerkt
über die sie als kind gerollt
egal wie viel zeit dazwischen
selbst wenn du sie
nie mehr gegangen

jetzt gehst du sie wieder
als wären deine ballen
nie woanders
abgerollt
jetzt gehst du sie wieder
die wege um den see
durch bögen aus blätternen
perlen

jetzt gehst du sie wieder
gehst sie weiter
schaust hinauf zum haus
endlich wieder
endlich weiter ohne
hadern

dehnst sie aus
bremst sie ab diese schmerzlosigkeit
kannst ihn noch nicht fassen
diesen unverrückten blick
diesen duft wieder
nach nassen
wiesen

wie schnürlender regen beginnt
deine haare zu kräuseln
deine wangen zu
färben

atmest schneller ein
dann aus
beim zurücklaufen zum haus den
hügel hinauf
dein rotes gesicht unter
kaltem regen durch
offenen mund

bis dich im haus wieder etwas
bremst
wieder etwas schließt im
wahrnehmen von abendröte
im wahrnehmen über dem see
seines goldenen
tuches

als wäre es zu viel an reizen
die dich überfließen
dann lähmen

als wäre es zu viel an vergangenem
das zu gegenwart
schlängelt

blickst wie abstrakt
wie aus einer trennenden wand
auf eine kulisse in glas
blickst auf vorbeispazierende regenschirme
unter ihnen die angst
vor bloßem element

um wieder greifen zu können
lässt du wasser über dich
rinnen
aus deinem tropfenden körper
steigt die linie oben
des waldes

des waldes aus dem wieder
nachtgestalten wandeln
kannst sie nicht
stoppen
wieder nur den vorhang
ziehen

wie sie in der nacht
deine blockierten filme
auf einer inneren leinwand drehen
dann durchbrennen
nervös
durcheinanderwirbeln

wie alte angstgefühle des
wartens der
stille
in dich kriechen
vom knarrenden plumpsenden
holz über dir
vom unsichtbaren graben
unter dir

diese grabenden schritte über
stufen
herunter
bei vollmond vor fenstern
das umfassende
schwarz

sie tragen dich zurück
in dein schlafen am wandteppich
vor dessen schwarz
roten zacken
du immer
erschrocken

sie tragen dich zurück
in seine aufreibende fläche
in die spaltbreit offenen türen
bis zum zimmer der
großmutter schräg
gegenüber

hinein in das knarren um dein bett
bei jeder drehung
um die krokodile zu verscheuchen
die darunter
gelauert

hinein in die decken der großmutter
einhuschen
einkuscheln
einschlagen

siehst beim schließen der augen
wie sie zwischen fensterläden
demselben waldrand entgegen
zu dem auch der großvater beim
einschlafen
geschaut

schläfst ein mit ihren blicken
als würden sie sich so
in dich lagern
wiederkehren können

in der früh die schatten
des großvaters seines körpers
über deiner kredenz
seine schatten die sich über
deine gesten lagern
sie einnehmen

du weißt nicht
ob es ein vorwurf
eine freude oder ein spuken
dass du jetzt ausgerechnet hier kaffee kochst
wo er seine fensterläden gestrichen
dass du jetzt ausgerechnet hier
seine bewegungen
überzeichnest

dass du jetzt genau da schreibst
wo der großvater seine wanderstöcke
geschnitzt
wie um sie zu bändigen
immer andere muster
gekerbt

fliehst vor diesen silhouetten
in die wiese vor dem eingang
lehnst dich ans geländer
mit der katze
am arm

wieder: genau in diese haltung der
urgroßmutter
mit der katze am
arm

genau in diese ihre haltung
als sie den brief des
gefallenen
empfangen

dass du nicht auskommst
aus ihren silhouetten
aus all diesen wiederholungen

dass du nur auf die bäume schauen kannst im see
auf die schwebenden farben
deren blüten du
nie gesehen
über ihnen muss es erst in dich tröpfeln
dass du jetzt da bist
wo du den gong geschlagen

dass du jetzt da bist
wohin der großvater zurückgekehrt
nach dem krieg
um vom gefallenen bruder
vom gefangenen vater
zu erfahren

stimmen und leiterwagen

wie das auf alten fotos ersehnte
was du versucht in dich zu zerren
für dich allein
zu packen
nun in allen dimensionen
vor dir

wie der blick den du so lange gespeichert
nun außerhalb deines körpers
eine konstante
musst nichts mehr halten
nur unmittelbar
f a s s e n

gehst dranglos
vorbei an neugeborenen kälbern
über pulsierende wiesen
ihre aufdampfende luft
nach regen

über hängen steigt wärme
in deine nase
hallt zirpen von
grillen

gehst dranglos
vorbei durch große huflattichblätter
die ihr als regenhut
über kinderköpfe
gehalten

dranglos
an hängen durch die wind
fegt
wie durch offene
haare

gehst hinein in den wald
siehst unter weichem flaum
samtgrüner lärchen
eine ida bohatta maus

wie sie auf ihren hinteren beinchen steht
dich mustert mit
gespitzter
schnauze

wie sie beim erschüttern des
samtgrünen flaums unter
deinen schritten
wie sie in ihr loch zwischen
buschwindröschen unter
rindenmoos
huscht

verhuscht als fabelwesen
das dich zurückleitet
zu den säcken in großmutters küche
zu den säcken mit brot
die sie gehängt über den kachelofen
um das brot zu schützen
vor mäusen

kannst dich immer weniger wehren
gegen aufkeimende spiegel
wie sie zu jeder zeit
an jeder entlegenen stelle
flackern

kannst nur aufhören bilder zu
unterbinden
dadurch ihre gewalt
beginnen sie nachzufüllen
eure verdrängten
stellen

zurück beim haus
siehst du wie ein blitz
über eure verstohlenen tritte
wie ein blitz
über eure damaligen
augen

schaust wie ein blitz
auf büsche die der großvater mit
eigenen händen tiefe
schnitte zurück
gestutzt

riechst wie ein blitz
das noch flüssige grün mit
dem er die fensterläden gestrichen
seine klebrige farbe vielleicht dein
erstes mittel zur betäubung
seine klebrige farbe deren leichtes
abheben du
inhaliert

beobachtest wie ein blitz
sein gleichmäßiges pinseln
erinnerst dich wie ein blitz
an das neue bad
in dem er hellgelbe fliesen
verlegt

im vibrieren aufs neue
von schnürlendem regen
seinen dampfenden wolken
rinnt in dich sein sitzen am fenster
mit tippenden fingern
rinnt in dich sein tageloses hören
von weitergegebener
weitergebender
musik

rinnt in dich diese musik des
urgroßvaters
wie jetzt diese langen tage
aus feuchte

rinnt in dich die erleichterung des
großvaters
nicht hinausgehen zu
müssen
dein einstellen in
eine rhythmische blase
ins trommeln aufs dach
ohne variation

wünschst dir den lodenen wetterfleck
dass er sich wieder vollsaugt
dass der großvater ihn hängt zum
trocknen in die veranda
dass er wieder seine gummistiefel
auwassergrün
verkehrt an die mauer
lehnt

immer wieder schießt es in dich
dass du ihn fragen wirst
hinübergehen wirst
durch äste
der kastanie

durch sie weht sein umblättern der zeitung
seine bestimmtheit
seine ungeduld in schon zittriger
stimme die deinen
namen ruft

wie man die zahlen vergisst
die namen
die verzweigungen
nie aber den klang von stimmen
von schritten
nie die formen eines körpers
selbst wenn man sie niemals
berührt

steckst seine rufe hinter scheuklappen
erzwingst ihr stoppen vor der nacht
um nicht wie atmen
ununterbrochen
schreiben zu müssen

gewöhnst dich an die dunkelheit
an ihre umrisse
die dich begleiten wie die
ruhe des dachsteins
des tropfenden
silbersees

merkst wie ihre ruhe
auf dich gleitet
ein netz spannt zwischen
bäumen über wiesen

wie ihre ruhe dein wegdenken
leitet
zum beispiel dein wegdenken
des flüsternden windes

siehst erst am nächsten morgen
wie euer wegerl
das vorbeigeführt am haus
wie es übererdet
verwachsen

wie es abgeschleppt
mit ihm eure spiele verschüttet
eure spiele mit dem ball
auf kleiner gewordenem
rasen

mit dem ball der gerollt
über das unebene wegerl
über regenrinne
große steine

der ball der gerollt
immer wieder herunter
bis zur einzelnen bank
am unteren hang

der ball der weitergerollt
immer schneller
immer höher gehüpft

wie du ihm nachgelaufen
nachgesprungen
genauso wie der leiterwagen
deinem vater nachgehüpft
über holprige löcher
aus erde

genauso wie der leiterwagen
deinem vater nachgehüpft
bis er auf ebener strecke
abgebremst

dein auflachen im leiterwagen
auch hier:
wie zwei generationen
vor dir

das auflachen beim hin und
herrutschen
am hölzernen grund
zwischen hölzernen
stäben

dass es genau um dieses auflachen geht
dieses schaukeln
von generation zu generation

dass sie sich f e s t k r a l l e n
auch gegen den willen
suchst weiter nach der stelle wo
der schotterweg abgefallen
nach dem wiesenwinkel
auf dem ihr federball
ping pong
gespielt

sie wirft gut
hörst du wieder den großvater
wenn er nach mehrmaligem bitten der großmutter
das kind würde so gern mit dir spielen
für ein paar minuten gekommen
dich in wenigen ballwechseln
geschlagen

schaust über das dach
auf den maikahlen nussbaum
seine rauperten äste
findest nicht den geschmack nach
seinen schwarzen hüllen
die ihr am boden
gelesen

die meistens hohl
wie trocken verschimmelt
dass er noch dasteht
mit seinen fruchtlosen ringen

dass er weiter überdauert
während der zwetschkenbaum
seine massen
von der großmutter in knödel
kuchen kompott
verlegt
unter neuem roten pflaster
vergraben

als wäre es immer so gewesen
ahnt nichts mehr etwas
von euren kostproben beim klauben
von seinen verrunzelten blättern
die ihr aus gras gepickt
von eurem trennen wurmiger
wurmloser hälften

denkst plötzlich wirklich
dass die aufgeschütteten kieselsteine
noch von euch
diese kieselsteine die der großvater
unter die kastanie
dann die mauer entlang um das haus
gestreut

schaust plötzlich wirklich
zur trisselwand auf ihre aufziehenden
reste von regen
zu ziehenden fetzen
über dem see

siehst plötzlich wirklich
erste sonnenstrahlen krabbeln
über das geländer
die abschüssige wiese
die ausgerissenen ribiselstauden

schaust plötzlich wirklich
zum maischnee auf oberen hängen
der sich spiegelt
in weißen blüten von
äpfeln

fragst plötzlich wirklich
welche bäume jetzt im mai
so tiefrote blätter

hinter denen der see treibt
in seinen abrinnenden
fluss

echos und staubschicht

wie schnell man sich wieder einfindet
in vergangene konstellationen
wie kann man ihre schreie dann
ersticken
im keim

dass es neben dem eindringen
in ihr innerstes
die strengere bergluft ihre
höhen dann
tiefen
die dich strapazieren
in deine knochen kriechen

in deine knochen jedes wittern
das wechseln zwischen durchbohrendem regen
senkrechter sonne
ihrem stechen

bis jedes mal wieder
gold durch
blätter
wärme auf
beinen

ein moment schon von
bergsommerwiesen
durch ausgebreitete bäume
nur die oberen noch
mit zögernden
blättern

lichtstrahlen durchs fenster
die schatten legen über
den tisch dein
tasten

heißes tröpfeln von
filterkaffee
zieht dich hinein
in den geruch nach kaffeespuren auf
großmutters kredenz
hinein in dieses tägliche klopfen

im aufgießen des filterkaffees
wie er in dich schießt der
morgenschweiß aus
großvaters
achseln

dieses klopfen der kaffeemaschine
das sich am nachmittag
wiederholt
das beendet das dösen der
großeltern in strecksesseln
währenddessen du auf steinchen
gestarrt
sie mit füßen hin und her
geschoben

sie streifen dich diese brisen von
mittag im
schatten der kastanie
die klingen nach aufschnarchen
unregelmäßig
klirrenden tassen
seine luft noch über kieselsteinen
die anwesenheit
spannt

seine anwesenheit über flechten am pfeiler
als würde der großvater wieder
als würde er weiter
wandeln
in schlotternder lederhose
ausgebleicht
viel zu hell wie jetzt das holz
noch neuer
mauern

irgendwann wird es sich wieder biegen
wird das holz der bretter
zwischen extremer sonne
extremer feuchte
wieder dunkeln

irgendwann wirst du sie wieder erkennen
wenn sie sich anpassen die farben des
hauses
an die verstreichende
streichende
zeit

wenn sie sich anpassen die farben
wie himmelschlüssel an witterungen
himmelschlüssel mit ihrem dünnen fell gegen
schwankungen des bergfrühlings
in dem es kalt
durch nasenlöcher
zieht
in dem blickwinkel unter
sohlen eilend
sich verschieben

ihre luft noch an hinterer sonnenmauer
die anwesenheit
spannt
über trocknende
wäsche

großmutters anwesenheit
an der hinteren sonnenmauer
noch eure saugenden gesichter
die lehnen
licht speichern das
weiterkriecht durch die offene tür
in den kalten gang zur
hinteren dusche

an der hinteren sonnenmauer
trocknen
mit tau gegossene
löwenzahnblüten die
sie in den salat
geworfen

sind es jetzt dieselben tropfen aus
tau über die du gehst
zwei fingerspitzen zwischen lippen
auf deiner zunge
um dein lachen nachzuzeichnen
dasselbe kalte morgengras
das dich wachzieht
von den zehen
ganz hinauf

hinter dem schotterweg der hang
auf dem du gesessen
leicht frierend
mit decken in die nacht
um die krachenden sterne
die berge in flammen zu
sehen

gehst den hang hinunter
immer tiefer aus dem ort
hinaus zur traun die
dröhnt als fallendes
wasser

gehst das wasser entlang um
deine gedanken zu
verrauschen
um die geschwindigkeit zu
brechen
in der denkende kreise deinen
körper
gefangen

gehst weiter am rauschen
vorbei an vergitterten fenstern
vorbei am wasserlosen pool
über dessen ränder
erinnerungen
schwappen

erinnerungen an bälle
die du hier scharf geschossen
um möglichst direkt
auf andere zu zielen
sie zu treffen

um von diesen auflodernden
schüssen
w e g z u l e n k e n
denkst du dass es schön ist
so zu gehen unter kronen aus
blüten wie kerzen
durch flecken aus sonne die
auf deine schultern
fallen

um von diesen auflodernden
schüssen
w e g z u l e n k e n
gehst du über weiße blüten
noch geschlossene löwenzahnknospen
trittst sie zur erde
richtest sie wieder auf

denkst musik zum
hinaufschrauben im wald
wie sie aufsteigen würde
vom offenen ufer zu felsen
dass es oben lauter sein würde
ihr hallen vom tal als
direkt davor

denkst in befreiende rhythmen deiner
schritte
dass es ein akutes kranksein
dieses schreiben
das ein sofortiges behandeln
verlangt

dass du es nicht loswirst
es dich zwingt
erst recht wenn du beschließt
zu gehen statt
zu schreiben

dass es sich nur über kurze phasen löst
bis zum nächsten anfall
zum nächsten anflug dem du
nachgeben musst
damit nicht hinter fortschreitenden
verklebungen plötzlich
ein stechen

dass du es nicht loswirst es dich
zwingt
in jede alltagsentscheidung
einen poetischen zweck das heißt
eine poetische zweckfreiheit
in alle erscheinungen
symbole
zu legen

zum beispiel in den samtschleier
der weht und glitzert
wobei es nur wolken sind
die sich spiegeln

siehst das blatt
das verkehrt liegt am dach
um das es wieder regnet
sein stiel zeigt hinauf
seine fünf ausstrahlenden finger
haften am blech wie
ein stern
um den herum es wie aufhört zu
rinnen

siehst den schwerlosen rahmen um
das floß
das wieder vom winterstrand hinaus
auf sommerwasser
getragen

das floß um das sich von oben
metallene farben
halten
regungslos in isolierendes
schweben

darin dringen sie nicht ein
so mitten am tag die
echos die
abschiede
können sie jemals wieder
verklingen

können die echos des urgroßvaters
jemals wieder ganz
verklingen
wenn ein einziger
ein isolierter
schock
gene verrückt

wenn seine informationen sich
weitertragen
zu vierzehn nachfolgenden
generationen
ob es dann jemals wieder
nachlassen kann
dieses zerren

wie es sich genau wiederholt
von einem krieg zum
nächsten
von einem soldaten zum
nächsten
wie es sich genau wiederholt
dieses bleiben von schlachtfetzen

dazwischen helle mondnächte
von getroffenen männern
das schaf im loch verfangen
dazwischen das galoppieren in
untergehende sonne am
meer

fragst dich
was genau auf dem totenbrief gestanden
auf dem des gefallenen bruders vom großvater
der ewig weitergefallen
weiterfallen
wird

fragst dich
ob es ihn noch gibt
merkst wie hinterlassenes um dich schwirrt
dich vertreibt
von konkreten räumen zu
inneren wesen
die sich erregen
dich erlegen

innere wesen
die in der nacht die türklinke
drücken
wie sie dann stecken bleibt
hängt in der luft
wie unter langsam nachlassendem
greifen

dass du es nie aushalten würdest
allein in diesem großen haus
dessen dachboden
kracht tritt für
tritt

dass du dich auch früher immer
gefreut über besuch
der dieses unsichtbare filmspulen
unterbunden

über besuch der das nachlegen
nachdrehen von szenen
für momente
unterbrochen

Der *Cut* zum Beispiel, immer wenn die Tante gekommen. Wieder: mit ihren zwei Söhnen. Zum Glück keine Zwillinge, denkst du jetzt, dass sie wohl erleichtert, dass es keine Zwillinge geworden.

Wie ihr dann versucht, Unbeschwertheit zu formen. Leichtigkeit zu zeichnen. Leichtigkeit auf Untergründe, die ihr nicht angetastet.

Zum Beispiel durch das Bootfahren, das Tanzen, das Springen auf großen Matratzen. Durch das Spucken von der Ruine. Durch euer Theaterspielen in der Bauernstube, zwischen schweren Kästen, deren Laden sich nicht geöffnet in ihrer abgestandenen Luft. Wie es sich angefühlt, dieses schwere Aufschieben der untersten Lade. Dass du auf beiden Seiten, ganz gleichmäßig gezogen, um an Spiele zu kommen. Wie sich auf den gestapelten Spielen unberührte Zeiten, ungesprungene Distanzen gespeichert. Wie sich auf ihnen Kinderhände, über Jahrzehnte verklebt. Wie du diese Staubschicht über den Schachteln von *Memory* und *Mensch ärgere dich nicht* nie gedeutet, dann nie mehr wegzudenken. Auch lange danach über neuen Brettern, über neu riechenden Karten: diese Staubschicht. Als Last, die sich ab sofort über unsere Spiele gezogen.

Wie ihr dann versucht, Unbeschwertheit zu formen. Leichtigkeit zu zeichnen. Leichtigkeit auf Untergründe, die ihr nicht angetastet.

Zum Beispiel durch eure Rücken, die ihr den immer geschlossenen, doppelten Fenstern zugedreht. Durch eure Rücken gegen die immer staubigen Fenster, zwischen denen die filetierten Steine des Großvaters gelegen, in der Abendsonne verfärbt, verfärbt in einen violetten bis grünen Stillstand hinein. Wie ihr durch euer Theaterspielen in diesen Stillstand hinein, ohne Luft von außen, wie ihr in diesen Stillstand hinein mit Worten, Gesten, mit Mimen, wie ihr um jeden Preis Lachen gelockt. Wie alle aufgekichert, wie ihr mitgelacht, um auszutreten. Um auszutreten, unbewusst, aus noch nicht wahrgenommenen Erinnerungssogen. Dieses extreme Bedürfnis, eure pure Notwendigkeit, um jeden Preis schnell zu lachen.

wie es nachzittert dieses
glänzen hinter
angst

wie es nachzittert auf
weißen perlen um den hals
die glänzen
obwohl sie schnüren
die strahlen
dabei nicht fähig sind
echtes zu
fassen

wie es nachzittert
das verbergen hinter
lachen

wie sie nachzittern
die krämpfe hinter
lachen

nachzittern in deine wolken
also in die wolken in
deiner stirn

in stirnwolken die
dämpfen
abfedern

dabei ewig die spitzen von
bergen
verdecken

dabei ewig vorbeiziehen
auf leichtem himmel
vorübergehen

veronal und narzisse

du beschließt diese strecke
zu fahren
fast achtzig jahre danach
also nach ihr

diese strecke
die auch jetzt wieder verboten
nicht wegen angeblich lauernder russen
sondern wegen baumstämmen
die über dir lose
verrutschen

ignorierst
wie die schwester der großmutter
vor achtzig jahren
die warnungen
unter steil aufwärts fahrenden lastern
ihre baumelnden
tonnen

wie sie, jetzt dich
das unbehagen nicht abbringt
schwingt euch aufs rad
über löcher im boden
über fallende erde

durchkletterst wie sie
trotzdem, erst recht
den stacheldraht
kletterst unter dem verbot hindurch
trotz der gerüchte
erst recht
um diese ihre angst abzufahren
unter senkrechten felswänden
von denen bäume in die höhe
steine herunter
schlagen

um diese ihre angst abzufahren
neben warmem plätschern des
baches
der durchflutet von grünem
flaum weißen
lichtern

rollst herunter
wie dieser bach aus dem wölfe
getrunken

rollst herunter und fragst wo es war
ihr stolpern
beim fahren durch die schlucht
immer schneller
abwärts

bleibst nicht stehen
durch die tropfende unterführung
mit geschlossenen augen dein
rattern
durch totales schwarz über
zacken die
aus dem boden
steigen

wo sie war diese gewalt
die sie zum veronal
geführt

sie haftet überall
zwischen abschüssigen wänden
sie kriecht überall
in härter werdende spannungen von
schultern
die übertragen was
generationen vor dir nicht
a u s g e t r a g e n

dein krampfendes festhalten an
bremsen des rades
um zu stoppen das rütteln
dein ständiges fallen aus der
spur

bremst endlich ab
atmest endlich auf
nach dem schranken
nach dem gefahrenschild am
anderen ende der
schlucht

kletterst nochmals unter die sperrung
wegen steinernen
schlägen
kletterst nochmals durch den schranken
der gefahren
beschließt

kommst auf die strecke
auf der die großmutter mit bloßen füßen
durchs tal bis zum schönberg
der jetzt noch im schnee
mit bloßen füßen
um die schwester zu suchen
ihr letztes einatmen

mit bloßen füßen durch den schnee
um immer höher zu steigen
tiefer zu versinken
dann ihr traum
liegen zu bleiben

rollst weiter bis zum tal
fährst ein in den ort gleich
zu beginn ein geruch nach
stehen gebliebenen
momenten

gleich zu beginn ein duft
den du seit deinem kindsein
nicht mehr gerochen
wie dieser duft in der wiese vorm
haus mit narzissen in
händen

plötzlich wieder dieser duft
der sich tief in dich verkrochen
teil deiner haut
geworden

durch diesen duft aus einzelnen
blüten am straßenrand
durch diesen einzelnen duft
schießen sie in dich die
übervollen weißen
wiesen durch deren
wolken du
hindurchgelaufen

wie deine beine bis zum knie in
narzissennässe
wie du ihren saft geschleckt aus
stängeln
der zwischen finger
getropft

denkst an die paar narzissen
die es immer hinter dem haus
am waldrand gegeben
dann an die sumpfigen böden
auf denen sie gewuchert
zwischen echos und krieg

nimmst eine einzelne narzisse
für ansätze von wolken
für die du gekommen
von denen du ausgegangen
wie damit umgehen
dass du nicht mehr durch sie läufst

riechst an dieser einzelnen blüte
um dich trotzdem anzutrinken
mit strömen die
durchdringen
sofort nachlassen

diese einzelne blüte aus
sechs weißen blättern mit
grüner nase
gelbem muttermal rot
umrundet
viel vorsichtiger als
umgeben von fülle

siehst deinen mädchenkopf in
der blüte
ihr dünner stängel
bricht so
leicht

mädchenkopf
zittert
bei leichter brise
rollt
seine blattadern ein

mädchenkopf mit
blüten zwischen
strähnen
zöpfe geflochten aus
wellen

plötzlich
diese fast dritte idylle
in blonden locken
blauen augen über
violettrosa dirndl
so außerhalb deiner lippen
lachen zur
linse

plötzlich
dass sich dieses foto mit
narzissenstrauß in
kinderhänden
sofort wiederbetätigen
könnte

hier wo an denselben orten
immer neue väter
immer andere töchter
in blütenzöpfe flechten sie
in violettrosa dirndl
hineingestellt haben
hineinstellen werden

in dieses eine perfekte foto mit
blonden locken
blauen augen

in wie vielen wohnzimmern
sie schon gehängt
hängen
erhängen werden
die geschossenen

dann darüber hinweg oder
trotzdem, erst recht
diese einzelne narzisse wie
eine sehnsucht
die im spiegel beginnt zu
welken

wie ihr stängel sich aufweicht
verdickt
selbst sich langsam
zu wasser
löst

legst sie aus dem glas ins
trockene
ein buch darauf

um ihre zeilen
um mädchenkopf
zu bewahren

saline und salzsee

wie schnell wege schwinden
wenn man sie nicht regelmäßig begeht
dass dann alle böden verwachsen
zugewachsen als
wären sie nie gewesen
könnten nie wieder sein

siehst am breuner du liest
*brenner*berg
als wären alle wege blut
alle wege gasgetränkt
siehst an seinem eingang mit
gleisen zum tunnel
also schon am eingang die
überkreuzten
verhakenden hämmer

dass sie wirken wie das unzuordenbare
rauschen darunter
wie ein reinwaschen
von abflüssen

der spalt unter dem fallenden tor
aufgeschlagen um hundertzwanzig grad
betreten befahren
für unbefugte
verboten
die sechs dicken rufzeichen danach

dahinter gleise zur brücke
die sich lockern dann
abbrechen in fallendes
nichts

hinter dem schotter die
versenkende leiter
ein hängendes gerüst
in nasse erde

gehst hinein in den tunnel
in den *hundling* seine
finsteren gänge aus
weißem gold

schleckst wie alle
wie alle anderen mit zeigefinger über
salzkristalle
über abgelutschte feuchte
über wände die schmecken
nach abgegriffenem
geschlagenem eisen

dieser bittere geschmack
auf lippen
ziehen sich zusammen
statt *precious salt* auf der zunge
dieses doppelte hämmern

marschierst in vorgegebenem tempo
einer hinter dem anderen hinter
einer führenden figur
die nicht sichtbar
nur ihre bergmannsmütze
aus braunem samt

mitten durch rutschende tonnen zwischen
trassen entlang an
nassen mauern
zwischen gleisen auf denen
die grubenbahn
schlittert

die minenbahn schlittert wie
wir alle in denselben
weißen hosen
in denselben
weißen hemden
wie wir gehen immer weiter
durch diesen glatten gang
dringen immer tiefer
lichtlos

ohne
nach vorne
nach hinten
luft

zu erkennen
hinein in den bauch vor dem
gräberfeld
ins erbe hinein
in sich fortsetzende
untergrundwelten

wortlos in schallwellen in
gleichschritt
mit trommelnden
marschierenden
boxen
gehen wir alle
taub
ohne unsere köpfe
zu bewegen

gehen wir alle
ohne am weitergehen zu zögern
unbeirrt vorbei
an der frau die an die wand
gestützt
einen anflug von schwäche
nicht weitergehen
kann

die in atemnot
aussteigt aus
unserem weitertreten
weiterrennen

wir steigen
über die frau hinweg
mit roten wangen
japsend
die uns nachschaut
mit unserer angst in ihren augen
unserer enger werdenden brust

unsere silhouetten durchleuchtet
von transparentrosa stein
bleiben ruckartig stehen
befehlen wo alle mit denselben
blitzenden augen
schießen was
wir nicht sehen

wirst im schaubergwerk
ein sich auflösender teil dieser
fremden dieser
fremdbefahrung
immer weiter unter stabführung
zu klängen aus der
salinenkapelle

zu klängen unter stabführung
von männern mit hohen weißen federn
die sich an nassen wänden
spiegeln

wie sie sich weiterdrehen im
weißen gold der sole
wie sich in der nudelsuppe
weiterdreht
die dachsteingruppe

wie sie weiter einhämmern
die salzherren
ihre mächtigen arme
wie sie ausdampfen aus
unterirdischen welten in
einen reigen von bräuchen die
sich pflegen
verspielen

wie sie weiter eintrommeln
die salzherren
hochposaunen *wie einst und*
jetzt
wie sie großschreiben
tracht und tradition
alpenzauber und grauhaarige monster
großschreiben die geister von
wurzelnden frauen mit
wunderwelten
betraut

woher dieses versteifen
auf unbewegliche töne
woher dieses fortlaufende konstruieren
romantisieren von

vergangenem das
aufsteigt zu gegenwart
um im stillstand vor anker
zu zwingen
um nicht ungegangene wege
allein zu gehen

wie sie weiterklingen
die ursprünglichen melodien von
märschen vom
schießen im
karneval

wie sie weiterklingen
die urwüchsigen flinserln
pleß und maskerade
fahne und wurstkränze
weiterklingen
die obertrommelnden
weiber

wie sie weiterschwingen
weiterzielen die kapriolen mit
pfeifenden schützen
wie sie umziehen an narrentagen
in ohrenbetäubende
rauhnacht
hinein

wie aus dem bergloch die berigln
steigen
die drohen ungehorsame kinder
mitzunehmen
sie als futter für
hühner in
höhlen
zu verschleppen

wie sie kinderköpfe waschen
zum beispiel weil sie in der schule
die gondel nicht gezeichnet
die gondel auf den berg
mit großen plänen von zukunft
aus wuchernden huben und
schlägern

beim verklingen der trällernden
hohen weißen federn
bei ihrem verhallen
gehen wir weiter immer tiefer
in den bauch des
berges in seine
stollen

marschieren weiter stets mit
sally der schlauen
grubenente
um spielend zu entdecken
die preisgekrönten böden
die sensationen nachstellender
schauplätze von
krieg

mit sally die auflockert
berichte von zeitzeugen auf
großem bildschirm
mit sally die schwere nimmt
von spulenden
stimmen
sich überlagernden
bildern

gleich im anschluss an die spulenden
gesichter
das drängen und
schieben von
schritten
die zu bergmannsrutschen
weitermarschieren

stimmen die sich schrill
verlachen
zum salzsee
tief unter der erde
versausen

zum salzsee auf dem sally die
grubenente plantscht
muntere lieder singt
geschmückt in glitzernde
kulissen

auf windlosem
wasser
lagern halten sich traditionen
frieren ein
als eiskristalle oder
tannennadeln im schnee

dann noch einmal das rutschen
länger und
schneller
bis wir wieder an der
luft

zwischen eingängen zu stollen
die außen mit schlägeln und eisen
markiert
gleich der duft
nach kräuselndem regen

darüber unser singen ein
wegsingen
das fegt zwischen schilder die
dem eigenen sehen
dem eigenen gehen
nicht trauen

nur auf eigene gefahr
ohne haftung für brechende
schäden

darüber unser summen ein
wegsummen
das fegt über wegweiser zu
ausgetretenen routen
gelenkten richtungen
auf denen unsere schritte
nicht mehr von alleine
gehen

unsere schritte automatisiert in
fremde in
fremde idylle in
fremdenverkehrsidylle

elektronische pfeile tragen
informationen zu uns
attraktionen von lagerstätten zwischen
breuner du liest
*brenner*berg
und kriechender kälte

durch die attraktionen ein guckloch
zu tunneln wo sich geschichte
vermarktet
über weißes gold jetzt als
freude der
sinne

wie über das ausschlagen von
steinen über ihr
schieben und
schleifen
so viel noch abbröckeln kann
für *spirit* und *soul*

wie so viel noch abbröckeln kann
von diesem *picturesque*
spot with it's proud
history
wie sich ableitet von den *hardworking miners*
dieses *incomparable*
breathtaking
homeland

wie sich ableitet von den *hardworking miners*
dieser reichtum einer
ganzen region

reichtum aus *blood circulation digestion*
aus entgiftungen durch inhalieren
durch strahlen von
salz
sein symbol für *happiness*
health and
vitality

und so baden
und trinken
und senken

wir weiter
mit steifen zungen

und so gehen
und singen
wir weiter

hinaus aus dem fremdbefahren
durch tröpfelnden
wald

unser kriechen
unser rutschen über nasse
wurzeln
dann unsere einwachsenden
zeitlupenkreise
eingleitend
entgleitend
drehen wir uns weiter

spüren um die eigene achse
unser haften am
gleichzeitig unser abheben vom
boden

das universum als ein mit und
weiterdrehen
an dem wir jetzt teilhaben
wollen weiterbestehen
durch unser tanzen

stabil sein wie ein berg
wie ein baum
sagen wir
dabei ist das leben doch
lebensgefährlich

das abwürgen unserer
drehungen als
geruch von bergthymian durch
kiefern
streift

ihre feuchte immer
dicker
ihre feuchte die
prasselt auf
unsere farben ineinander

wie ein feuersalamander
dein schwarzer
handrücken
über meine gelblichen
finger

über meine finger die suchen
weiter
suchen immer
noch

nach diesem unseren drehen unter
wieder licht zwischen
nadeln

unter wolkenstreifen
ohne

wind nur sein
laut

disteln und kinderleine

dass man in den salzberg
in den hundling
nicht nur hinein also hinunterbohren
dass man ihn auch hinauf
über seine stollen
steigen kann

gehst über almwiesen
auf denen du im ersten winter nach
großvaters tod
auf schiern seine schwünge
nachgeschwungen

gehst weg von seinem letzten lachen
steigst zwischen felswänden
immer höher
als könntest du durch deine steigenden
schritte
gehörte bilder
vertreten

deine steigenden schritte
weich
über die du wieder in kindersocken
schlüpfst
deine steigenden schritte durch farne
die höher als du

tropfende almrosen in dein gesicht
wie harz von latschen
wehen dir
durch wilde minze
entgegen

weißer schaum
aus violetten köpfen von disteln
vielleicht bluten auch sie
wie dein körper
wieder kleiner unter ihren
stechenden
köpfen
unter wänden
aus denen ein bussard
kreist

wie durch distel und minze
durch bussard und
almrosen
gleichzeitig alles so klar
wie sich knoten
entflechten

wie du dich fühlst
getragen vom schmetterling
von blume zu blume auf
seerosenblatt

bis weiter oben das seil
in das du dich hängst mit
ganzem
gewicht

dass es jederzeit reißen könnte
du jederzeit fallen könntest
in den rachen des hundlings
der weiter weißes salz
verrührt

dass dein schweiß
seine perfekte würzung
für seinen unter dir drehenden kessel
was er schon alles verschlungen
unverdaut
in sich gefressen
zwischen seine spalten gestopft

hörst aus blauem nichts
wieder großmutters stimme im fels
sie hemmt deine kehle
wie damals die kehle der
zwillinge

wie sie deine kehle wieder trocknet
wie sie dich wieder hindert
am schlucken

springst nochmals zurück
in dein band
um den hals
zurück in die ziehenden arme
die in dir als nicht geschluckte
verschluckte
verblieben stecken
geblieben

bist wieder gebunden
an diese zurrende leine
spürst sie schnüren
kannst sie nicht trennen

gehst ihn wieder diesen steilen weg
in mittagssonne
schlüpfst wie hinein
in deine wieder kurzen
wieder dünnen
beine

schlüpfst wie hinein
in euer gehen
hinter dir und dem vater
die großmutter

riechst in hitze der erde
denkst bei jedem schritt
wie die großmutter diesen weg
noch geschafft

über seine hohen stufen die
rutschende erde die
bröckelnden
steine

was es bedeutet
dass es dein erster berg gewesen
dass es ihr letzter bleiben wird
was es bedeutet
dass du in ihren schuhen
genau ihre stufen steigst

hörst neben abfallenden hängen
ihr bangen
hörst zwischen latschen
ihr mahnen
man weiß nicht was darunter
dann dass *bitteschön luft*
darunter

sich frei gehen schritt an
schritt
setzen
in einen gleichmäßigen vielleicht
monotonen
rhythmus hinein
um deinen kopf stillzulegen
sein ticken

schritt an schritt in deinen körper
in seine reflexe zurück
um vertrauen zu
fassen

vertrauen in sein schwitzen
in sein färben unter sonne
in sein riechen von
kräutern des juli

um nicht mehr nachzudenken
über das wasser in deinem mund
um es im hinaufsteigen zu
vergessen wie
unterbewusst

sich frei gehen schritt an
schritt
setzen
um es nach und nach
nicht mehr zu spüren
das gröbere
zwischen spucke

dass es darum geht
wie auf dem plateau
am gipfel zu liegen
zwischen wellen des toten gebirges
seiner steine
großvaters schichten

schaust auf eine heimat aus puppen
auf blitzblauen see
gleiten von
proportionslosen plätten

wie du als kind hier gestanden
mit dem vater der großmutter
wie du nicht verstanden
dass ihr nicht herunter
gehüpft
um den weg abzuschneiden
euch direkt zu belohnen
durch euer springen in
kühlenden see

wie du nicht verstanden
dass man schon hätte können
aber nicht weich in
kühlenden see
sondern hart auf
zerschellendes glas

dass es auch jetzt in einer sekunde
entschieden sein könnte
wie bei der schwester der großmutter
nach dem rad durch die
schlucht

wie es dann für ein rückklettern
wie bei ihr für ein auspumpen des magens
schlagartig
zu spät

dass man von hier grenzen ertesten sich
herantasten könnte
auf abruf
ob nicht vielleicht doch wer
im fallen einen
fängt

lässt deine gedanken wieder
verklingen
vor hängen und rücken aus
euren gesichtern
beim absteigen wie ein zucken
durch deine kehle
das fließt dann verrinnt
im schlucken
schwerelos

ein zucken das fließt dann
verrinnt
im weichschwimmen von müden
gliedern
im umrauschen deiner
haut aus kalten
quellen

schwimmst in vorher durchgangenen
spiegeln
tauchst durch lichtstrahlen
unter wasser
die dringen hinter geschlossene
lider

drückst dich auf weißen stein
um zu trocknen
dabei das füttern von enten
vor allem der einen lahmen
mit zerzaustem wie
verkohltem kopf
wirfst zu ihr die feineren stücke
damit sie sich nicht verschluckt
überträgst auf sie
deine angst
willst dich anstecken
an ihrem hunger an
seinem herunterrutschenden
geschichtelos

wie diese zwei generationen aushauchen
die unsere luftröhren
verstopft
nicht mit konkreten ängsten
sondern abstrakten gespinsten die
bodenlos lähmen
gegenstandslos
stocken

dass die hemmung der zwillinge
zu sprechen
deine hemmung zu schlucken
ihre angst vor dem tod
deine angst zu ersticken
ihr zittern vor verlust
deine panik vor nähe

dann
ihr weglaufen dein
hingehen
ihr überlaufen dein
stillstehen
ihr erschließen dein
verstummen
ihr erwerben dein
ertasten
ihr *crescendo* dein
decrescendo

wie diese zwei generationen aushecheln
wie eine boje werden
die von wellen nicht überschwappt
sondern über sie gleitet
wie eine boje werden
die unter brechenden schäumen
nicht ertrinkt
sondern über sie
schaukelt

wie uns aus wiederkehrenden tentakeln
befreien
wie aus euren zahlen
die kreiseln uns scheuchen in
wiedersprudelnden
abständen

wie sich euer aufbrausen weiterträgt
wie euer drill uns
durchsetzt

wie ihr das alles wegstecken konntet
also dass der urgroßvater
sich nicht mehr erholt

dass seine rastlosigkeit über die
beine des großvaters
zu unseren nerven
gelaufen

wie sie nachweht diese seine
rastlosigkeit
wie ihr sie mit kontrolle mit
disziplin
versucht zu zähmen
zu überspielen

wie selbst hinter seiner härte
weiche steckt
weiche vor der ihr euch schützt
um nicht am ganzen körper
zu frösteln

dass diese aufgestauten ladungen
jetzt in unsere köpfe
kriechen
dass wir deswegen nicht
funktionieren

weil euer panzer euer
gerüst jetzt
bröckelt

weil wir jetzt eure angst zulassen
eure angst vor
vorhandenem gedächtnis
vorhandenem erinnern

wie wir auf eure panzer
einhauen
um endlich dieses anwachsende
schweigen
zu durchbrechen
um eure rollen
nicht weiter zu
spielen

eure rollen die zurückhalten was
man besser nicht sagt
eure rollen die das eigene leben
verlernen
sich in fremden stoffen
verspielen

Das Unterbewusstsein ist ein Hund, sagt immer wieder die Großmutter. Und tatsächlich ist es, als wären wir jetzt hinter den gefallenen Bruder gesetzt. Als würden wir jetzt büßen, dass er nicht überlebt, als würde er sich zurückmelden, seine Kosungen zurückholen, als würden sie alle, also unsere Küsse, nur ihm gehören. Er nimmt sie uns, unsere Berührungen. Wir bleiben zurück, unberührt, haben Angst um all diese Hände, dass sie uns vielleicht plötzlich, dann nie mehr berühren.
Das Unterbewusstsein ist ein Hund, sagt immer wieder die Großmutter. Und tatsächlich ist es, als wären wir jetzt hinter den gefallenen Bruder gesetzt. Als würden wir jetzt zu ihm zurückspulen müssen, um ihm seine begrabenen, seine grabenden, weiter grabenden Arme zurückzugeben. Um ihm sein Fallen zurückzugeben. Um so unsere Berührungen zurückzugewinnen.
wie wir auf eure panzer
einhauen
um endlich euer antrainiertes
versteckspiel
zu beenden
um eure inneren krämpfe
auszuschlachten

krämpfe die aus eurer angst
entstanden
euren mechanisierenden gesten
geschnürt

wie ihr eure körper zum funktionieren
abgedroschen
wie ihr sie vollgedröhnt
in eurer angst zu versäumen
eurem streben nach
ständigem glück

wie wir auf eure panzer
einhauen
um endlich unsere muskeln der
nachkommen noch
nachkommenden
aus verklebungen zu
dehnen

aus verklebungen
die durch euer zwanghaftes leuchten
entstanden
durch euer leuchten von außen
euer *sei was sei* von
immerzu
h a r m o n i e

durch euren aggressiven frieden
müssen wir jetzt ruhe
von wurzeln an
neu erfinden

durch euer abwehren unserer fragen
auch unser verstummen
schlaufe für schlaufe
weitergetragen

bis wir jetzt endlich
die immer enger zurrenden knoten
entknoten
endlich all die einzelnen stricke
zusammenfügen
zu ein und derselben
zu unserer geschichte

du hältst diese zeilen nicht mehr aus
wie sie aus deinem notizheft
springen
ihre zähe masse die wartet
während der see wieder wiegt in
endlosen schleiern
das brummen des schiffes
diamanten
streut

siehst durch das brummen des schiffes
wieder deine nassen locken
dein rotes kleid mit den blumen
wie sie aus dem bootsfenster
geflattert

spürst wieder diesen dünnen leinenstoff
direkt auf der haut nach
dem schwimmen
wie er sich kalt auf sie
gepresst

hältst wieder kinderhände in
das leichte nachplätschernde fahren
damit kleine wellen
nachrauschen
spritzen

jetzt nach all den jahren
als würdest du wieder auf
roten bänken im schiffsbauch sitzen
gegen das tiefe blau
grau der felsen

als würdest wieder selbst
ganz vorne am steuer
drehen

sinkst du noch mal in
kindliche sprünge
so mitten am see

wie dein zurückschauen sich dabei
lichtet
über das leise gleiten des bootes
dass du alle diese strecken
schon durchlebt

nicht alle spuren
schließen
stattdessen mit hinterlassenem
beschließen

siehst wie langsam neue kreise
sich formen
du sie nicht jagst

du nicht nachspringst
in das neue boot
seine schwanenform

hast kein bedürfnis
zwischen seine federn zu steigen
wie kinder die
tatsächlich noch
kind

grabstein und kristalle

ihr wundert euch
woher es kommt dieses
weinerliche
wo wir doch *alles haben*
woher er kommt dieser
nebel in köpfen

dieser nebel der dichter wird
sich ausbreitet in
trägheit die uns
einnimmt
dann lähmt

ihr seht nicht
dass es eure unverwobenen fäden
die sich um unsere knochen
legen
dass sie aus eurem schweigen
auf uns drücken
aus eurer stille um buchstabenfolgen
um namen von
zwei generationen
zurück

wie fern ihr sie gehalten
wie endgültig ihr sie geknickt
diese kurze linie
direkt zu uns

gehst wieder zum friedhof am see wo
das grab aufgelassen von der
schwester der großmutter
dessen stelle du nicht mehr
gefunden

wie du hingegen vor ihm stehst
vor diesem grabstein der
vorfahren des großvaters am
selben friedhof am see

wie du jetzt vor ihm stehst
vor eurem grabstein dessen
namen bisher nur eingravierte
fremde

jetzt wie ein handgeschriebenes
buch aus feucht gewordenen
farben um
menschen deren alter
nicht mehr zu ändern für
immer steht

sitzt vor diesen verstorbenen
die deinen namen tragen
oder trägst du den ihren

sitzt vor ihren goldenen lettern
von denen manche stärker wie
nachgezogen
die anderen blasser wie
länger vergangen

hinter den goldenen lettern
siehst du jetzt dimensionen
sich entfaltende körper
siehst du jetzt beine die
wandern sich
verwunden

über den steinernen buchstaben
die schief herunterhängende
kerzenlose laterne
hinter verwelkenden
stiefmütterchen
nur erde

wie ihr einmal versucht
eine narzisse zu setzen
damit hier eine wolke entsteht
jeden frühling
dass sie es nicht geschafft

hast um den untersten namen
um den namen des gefallenen bruders
bisher nur
dünne
gesehen

siehst jetzt das dicke kind
seine rotblonden locken im kinderwagen
schmunzelst dass beim näherkommen
die leute angeblich ihr gesicht
verzogen
dass die zwillinge als babys
so hässlich gewesen

siehst nach dem namen des
bruders
die eckdaten seines sterbens
1924 bis 1944
diese jahreszahlen des krieges
jetzt kein lesen mehr auf stein
jetzt fleischliche fast
erinnerung

wie du ihn immer mehr einholen wirst
den gefallenen
an kommenden jahren

dass du schon älter als der
immer jung bleibende
der bisher für dich ein foto
eine rose
gewesen

ein foto
schwarz
weiß
mit trockener stoffrose
davor

siehst auf dem obersten namen
die daten 1890 bis 1957
die daten vom urgroßvater

sofort seine beiden tränen als
vater über wangen
wie die beiden tränen schon
seines vaters
als er noch sohn

siehst seine zehn letzten jahre
so bis auf die knochen
zersetzt
fürs leben
gebrochen

sie fällt dir auf seine blasse
schrift
vielleicht hat man sie ausgewaschen
die goldene farbe vom
namen des urgroßvaters

siehst wie gitter und pritschen über
floß auf der
drina über
nachtigallhain

siehst seine dünnen waden hinter
zeichen die dir niemand gedeutet
nur eure knappen würfe
dass er nicht alt geworden
dann wieder
euer schweigen

wo du vorher nur beendetes leben gesehen
namen die von anfang an tote
öffnet sich jetzt ihre jugend die
weiß was hinter
zusammenpressenden lippen
nicht gesagt

zum ersten mal
als wäre um das grab
ein raum entstanden
ein raum der sich hebt über
jahrzehntelanges starren
auf schablonen

hörst jetzt die helle stimme
hinter goldenen lettern der
urgroßmutter
wie sie noch leuchten die
konturen ihres lachens
ihrer lockigen haare

hörst jetzt ihre helle stimme
hinter den goldenen lettern der urgroßmutter
von der du nur gewusst dass sie
mit kindern nicht gekonnt
erst später
als die kinder schon mitmarschiert
sich anständig gezeigt in
gespräche
involviert

dass das reine spielen und kosen
nicht ihres
dass man zuerst beweisen musste
auch noch in den generationen danach
ein verdienenmüssen
erwerbenmüssen
von liebe
dass es da seine wurzeln genommen
dieses nicht verarbeiten
kommender grenzen
kommender stillen

dass es da seine wurzeln genommen
dieser versuch sie wegzugehen
dieses jagen nach bleibender jugend
beim wandern der urgroßmutter
mit jünger immer
jüngeren

hast erst jetzt diese linie zu dir
geknüpft
um nicht mehr nur aus gewohnheit
zu diesem grab seinen
schatten zu
gehen

als wären sie noch da
diese bilder
diese geschichten
wie schnell sie dann einfach
vergessen
wenn man sie nicht fortlaufend
erzählt

dass sie dann unwiederbringlich
verschwinden
diese dichten existenzen
von der jede einzelne kollektiv
von der jede einzelne
ein roman

ein roman aus nur einmal
erlebtem
aus nur einmal gespürtem
das dann verpufft

wie lang noch
die möglichkeit zu atmen
auf vorrat

unter aufkommendem regen
denkst du
was sie ausgelöst haben müssen im
bruder also deinem großvater
diese zahlen
ihre klarheit
1924 bis 1944

Diese Buchstaben, kurz: *Gefallen im 2. Weltkrieg.*

wie oft er vergleiche ziehen musste
zwischen seinem erholen
seinen erfolgen und
freuden
wie oft er durch sie ein schlechtes
gewissen
gehabt

wie oft er überlegt
ob er ein recht auf sein leben
ob er es seinem bruder
genommen

was aus dem bruder geworden wäre
nach seinen zwanzig
ersten
jahren

überlegst ob der großvater
auch den schuss gespürt
ein leben lang
also den schuss wie du ihn
immer noch
spürst
den schuss vom fremden
gewehr
das den zwillingsbruder
erlegt

dass der großvater diesen
schuss
vom nacken aus
in die linke schulter
übernommen

dieses gleich gebliebene
gleich bleibende
verhärten
durch genau denselben knoten
an genau derselben stelle

dieses gleich gebliebene
gleich bleibende
verhärten
welches bis jetzt unser umdrehen
verdickt

dass wohl deswegen die urgroßmutter
also die mutter der zwillinge
so viel gewandert
um eine lähmung zu
dämpfen
um sich in almräusche zu trinken
wuchten
auszuschwitzen

dass wohl deswegen
die knochen des urgroßvaters
geschmerzt dann
versackt
wie später wieder beim großvater
im rollstuhl

dass es sich weitergezogen
dieses nervliche leiden zum großvater
dass ihr sie nur nicht zuordnen wolltet
seine rastlosen beine
in der nacht

seine rastlosen beine
in der nacht
wie sie in uns weiterkribbeln
weitermarschieren
wie sie unsere zellen rütteln
dann steifen

als würdest du sie einer ganzen epoche
schulden
diese freilaufenden tränen
die man ersticken
dir ersparen
wollte

diese freilaufenden tränen
zu denen die eltern die großeltern
nicht mehr gefunden
nicht mehr finden
spürst wie last abfällt
durch deine tränen
über nie gesehene
gesichter
diese last aus ihrer geschichte
die sie
wie so viele andere
getragen
nicht ertragen

hörst erst jetzt diese hellen
stimmen aus der kirche
so muss es damals auch geklungen haben
als genau hier
im dezember neunzehnvierundvierzig
die totenmesse für den bruder
in klarer winternacht
am eisglatten see
nur dass der abend heute nicht klar
dass es auch nicht winter

gehst aus dem friedhof hinaus zur
kappelle der gefallenen in der
auch der name des bruders
golden
graviert

gehst dann weiter
um den see zu umlaufen
hörst wie sich stimmen verstorbener
unter spazierende
mischen
wie kinder am klettergerüst
ihre phantome
vertragen

phantome die sich weiterdrehen
kräfte ausgleichen über
dem kahlen baum
wie er verdurstet so
direkt am ufer

wie seine äste so
direkt am wasser
vertrocknen
als hätte auf sie zwanghaftes
greifen nach vergessen
gewirkt

dabei kann es vergehen
dieses nachdrücken
dieses blockieren der wirbel
mit wurzeln die greifen was
direkt davor

dass dein wasser bisher die
wellen die wirbelnden
von körperlosen generationen
übernommen

dabei können sie ausrauschen
ihre zurückgedrängten
ströme
dabei kann es vergehen
dieses nachdrücken
mit ruhigen klängen
die sich auf wassermoleküle zeichnen
sie zu regelmäßigen kristallen
überformen

dass nach verlassen des bauches
immer noch wasser bleibt
als element zu erstem schaukeln
erstem umschlingen

schwimmst in deine bauformen aus
regenkreisen die sich spiegeln
wie seifenblasen ohne
dimension

wie mensch und see
sich anziehen
als zwei formen desselben
elements

denkst dass menschen im wasser
das leben an sich suchen
in seinem frühesten
schweben

ein weiterrauschen
nach verlassen
des bauches

ein tauchen zu
generationen
die wann wieder ruhen

abrollen

regenhaut und tintenfass

ein silber grauer schleier
der sich verdichtet

dann wieder
dann immer noch
dieser regen in dem sich deine fantasien
nach innen kehren
ihre langen schattrigen finger
strecken

dann wieder
dann immer noch
dieser regen der dich in einen sparmodus
kapselt
in dem deinen zeilen
vorher geatmetes
fehlt

suchst immer nach zusammenhängen
obwohl es auch einfach dieser wiederkehrende regen
unaufhörlich
sein kann
der verhindert
dich schließt

dass sein absolutes schotten
nicht gut
dass du damit dieselben engen
zwischen worten wie vorfahren
erzeugst

wie zusammengeschmolzene kristalle
unter sanften stichen
klingen wie warten

warten wie früher
ins ungewisse
ins lange nichts passierende
wo die dicke wolke in deiner stirn
nicht erkennt
ob es röte von stein oder
morgen

wartest im weitertippen auf
einen fluss
der keine unterbrechungen
duldet
dem deine finger dann folgen
laufend
nicht nachkommen

wartest weil niemand mehr eine schwalbe schickt
in dieses große haus
geziegelt aus lebewesen alter ängste

wie sie rascheln
tapsen
kiesel verschieben
mit klammernden krallen

hörst deine schritte über
warmem holzboden
hörst dein schlucken von
heißem kaffee

hörst das abstellen des wasserglases
dein hin und herrutschen am sessel
deine hände die über
oberschenkel streifen
um sie besser erträglich zu machen
diese immer gleich bleibende
auswahl an buchstaben
deren kombinationen sich nicht
erschöpfen

wie vorhandene zeilen zwischen
fingern verdampfen
können so im vakuum
nicht streichen
können so im vakuum
nur zupfen

kannst dir nicht ausweichen
sehnst dich nach schreien
nach getriebe
motoren am wasser

willst dich auswinden
während es wieder
aus sich öffnenden löchern
gießt

dich auswinden um zu unterbrechen
diese unbewegliche masse
ihre schattengeräusche

um dich aus noch nicht nachgefülltem
noch nicht geschriebenem
zu befreien
in einen worttanzenden
rhythmus zu
gleiten

suchst diese klopfenden tropfen
wie das tunken ins tintenfass
fallender federn
suchst dieselben taktenden schläge
auf das dach wie
auf tasten

dann wie das trommeln
sich einpendelt
dich einlullt
in eine blase aus nicht mehr fabrizierenden sondern
prasselnden fingern

in eine pause
deren haltlosigkeit du jetzt
zähmst
du jetzt dehnst
um zu rieseln
in geöffnete sprache

bis es nur mehr nachtropft
du nur mehr nachtippst
als wärst auch du
hinter gittern
gesessen

riechst in steigende luft nach regen
wie dann alles wieder quillt
aus enge zu durst
rundherum

wie dann alles wieder wuselt
in windstille nachweht
von loslassenden
blättern
auf nasses laub

wie schnell es aus häusern strömt
das schiff wieder fährt
sonne wieder wärmt

wie schnell der himmel
in abziehender nässe
wieder grell
weiß

wie seine wolken dann
blenden
über eingezogenen
schnüren

wie sich deine poren dann zu
regenhaut
weichen
durch sie alle reize fließen
ungebremst
poliert von faltenlosen
halmen

schaust durch die linse des großvaters
auf tief fliegende schwalben
ihre gelben bäuche
feucht glänzend
schaust auf die weiße ente am steg
wie sie deine februarspuren
übergeht

erträgst nicht bestehendes blau
brauchst dieses aufwachen
aus feuchte
dieses wieder aufsingen
diesen kontrast

um zu riechen den sanften wind
der wie zum ersten mal
über finger
streift

wie deine regenhaut
aufweicht
die benebelung deiner stirn
sie lichtet
dann löst

um endlich den *beat* zu finden
um hinein zu erwachen
um deine gelockerten fingerspitzen
zu spannen
für einen kurzen anschlag
im genau richtigen
moment

wie deine regenhaut in zunehmende
abnehmende tempi
taucht
in windungen rundherum

wie deine rhythmen jetzt
schwingen
dich schaukeln über
verschwundenem
gerüst

merkst im nachwehen
dass du gut dosieren musst
um noch durchlässiger zu werden
dich darin nicht aufzulösen

um dich nicht aufzulösen
zwischendurch aufs rote boot
schauen
hinter grünen pölstern
wo letztens noch leere

um dich nicht aufzulösen
quer zum abziehenden nass
auf den rauch schauen der
aus dem schornstein des
nachbarn am
brunnen vor der linde
steigt

schauen und
speichern

bevor über weckende
bewegende
strahlen

irgendwann wieder schleier
silber
grau

federsohlen und spitzmaus

wie es sich kurz wieder zeigt
dieses kind mit blonden locken
wie sie sich kurz wieder melden
seine auferstehenden
wesen

willst sie gar nicht erst sehen
ihre steigenden klänge aus
umarmungen aus
blicken
zwischen die du dich
schleust

zwischen ihrer wachsenden wärme
deine angst
dass du nicht teilhast
zurückbleibst
hinter ihrem lachen
dass man man dich nicht
einlässt

rollst dich frei ab
beim weichen laufen auf
federnden sohlen auf
nachgebendem
waldboden

von kindlichen resten von
ausschlüssen von
verstrickungen die
substanzlos
auflodern in dir

rollst dich frei ab
beim weichen laufen auf
federnden sohlen
auf nachgebendem
waldboden
von deiner angst
um nicht gebrauchte liebe
um ein warmwerden
auf anderen wangen

rollst dich frei ab
um die linie ab deinen
ursprüngen zu ziehen
um diese wesen
in ihre vergangenen schranken
zu weisen

um zu stoppen
die überrennende büchse
um die linie fortzusetzen
von deiner verkürzenden schulter
um über sie nach links hinten
deinen radius zu weiten

rollst dich frei ab
auf federndem nadelboden
um das strömen abzuleiten
um ein band aus maschen
aus rosen über
schranken zu
binden

um liebe erst recht zu
dehnen
um gewicht zu nehmen
von blicken die
neben dich
fallen

damit sie dich nicht mehr erschießen
du nicht ihr zittern
verschoben
weiterlebst

rollst dich frei ab von
einsamkeiten deiner verstorbenen
die hinter verschlossenen türen
in dich gezogen

rollst dich frei ab von
ihrem zwanghaften treiben
nicht nach lächeln
sondern ständigem lachen
nach ständigem drängen
es nicht gut sondern
besser zu
haben

rollst dich frei ab von
dieser flucht zu versäumen
rollst dich frei ab
zum wellenkreis um die ente
zu offenen baumfenstern
blendendem abend

rollst sanft ins
entlasten deines rückens
bei jedem aufkommen der zehen
ein abfallen von
säcken

es ist ein einlaufen
auf weichen sohlen
weichem grund
in eine leichte aus summenden
molekülen
die aufgebrachte zellen
glätten

rollst dich frei ab von
eingetrichterten gefahren
vom warten auf das schlimmste
vom hallen der stimmen
dass sie überall lauern
sich über wiederholende spuren
stürzen

mit diesem weichen laufen
gleich zwei mal um den see
willst du das kurbeln
das wirren deiner muskeln
beschließen
die verklebten fasern
einzeln trennen
mit geduld auseinander
massieren

um sie aus immer weiter flüchtenden
spannungen
zu reißen
aus dem weiterwarten unbewusst auf
die nachricht
dass es endgültig vorbei
wo noch gestern fragloses
leben

mit jeder ausbleibenden nachricht
jeden tag dieses wiederholen
dieses wachsen
in eine bestätigung hinein

versuchst diese trennungen
wieder in generationen davor
zu drängen
ihre kräfte stemmen
gegen dich allein

willst auf das schaukeln hören
auf den wind der sich
hinaufdreht
zu einem weißen
beflügelten pferd

wie dich das weiße beflügelte pferd
daran erinnert
dass was jetzt realität
auch einmal märchen
aus damaliger zukunft
gewesen

was das bedeutet
wenn märchen ihre substanz
verlieren
gegenwart werden

zum beispiel
wenn du dann sprechen könntest
mit dem roten zwerg
mit der spitzmaus am waldrand
mit den elfen aus
felsen

als würdest du sie dann nicht brauchen
schwinden sie mit
zunehmender leichte
in der das flüchtige
gerade erkannte
reicht

dass es dann reicht
den noch schlüpfenden blättern
nachzuschauen
den lärchen flaum-
durchstrahlt

ihr durchscheinendes grün
wie unterwasserwelten die
über kiesstränden entstanden
über augen von wurzeln und
steinmännchen

dann plötzlich
dann wieder
wie du es schaffen kannst
dass dir dieses datum
nichts mehr bedeutet

dass sich an ihm nicht alle stricke
wieder und wieder
verzurren
dich an sich reißen

dass es fast unmöglich
sich seine zahlen
in dich graviert

seine zahlen
des 19.11.1944
wie viele ohne dieses datum
leben
weiter und weiter
leben
hätten können
weiter entstehen
könnten

dass sich das datum
in dich gekrallt
wegen eurer scheuen klappen
die weiter und weiter
herunter
gerutscht

dass sich das datum
in dich gekrallt
wegen eurer schnellen flüsse
aus fehlenden worten die
weiter drängen
weiter übertönen
was hinter eurem *alles gut*

tauchst ein letztes mal ein
in vorgefahrene fremden
in verfestigtes dröhnen
in kopfschmerzen aus einem
absolut unmöglichen
fragen

aus einer leichte die rast
weil sie vergisst was
nicht zu vergessen
weil sie verdrängt was
sie nie erfahren
verbirgt was
nie verborgen

dass genau ihre ströme
deine atemwege verschnürt
dass genau ihr rasen zeigt
wie sehr wir noch abhängen von
krämpfen des gefallenen von
tötenden
fingerkuppen

dass genau diese rasende
leichte zeigt wie
sehr wir noch hängen
an euren glaubenssätzen
eurem misstrauen

wie sehr ihr uns euer fürchten
vermacht
eure gestutzten flügel
um uns nicht fliegen
zu sehen

um dich trotzdem
jetzt erst recht fliegen zu sehen
rollst du dich frei ab
von diesem mitspielen
von diesem nicht ertragen
täuschender leichte

rollst dich frei ab
zurück zum haus
dehnst dich ins steile
legst dich am bauch dem waldrand
seinen grüntönen
entgegen

jetzt kannst du ihn aufsteigen lassen
diesen druck
ihn verfliegen lassen
beim baumeln zu
bäumen

jetzt kannst du wieder aufwachen mit
noch runzeligen
zehen
unter freiem himmel wieder
anknüpfen
an aufsteigende
gleitende kreise

erkennst zwischen fichten deine
buche
auf deren ast du
ohne gesehen zu werden
immer alles gesehen

dass es von hier
eine ganz andere perspektive
eine schwebende
also so vorm eingang des waldes
seinen hellen zungenspitzen die
einladen
einblick geben in

andere gesetze
abgetrennt vom selben wald
in der nacht
aus dem arme gegriffen
ihr überstürzt
heruntergelaufen

jetzt willst du sie gehen
diese zugewachsenen wege
über denen du kein krächzen
kein röhren mehr
hörst

willst mit nackten füßen
endlich
diesen durst stillen
nach kitzeln im hohen gras
nach vorsichtigem tasten um
nichts zu zertreten
den biss
zu verhindern

jeder schritt durch kleenass
setzt pölster frei
aus wilder dille
aufgeworfener erde

wie fein jede stelle deiner ballen
über formen von wiese
viel genauer als augen sie
sehen

wie jede stelle deiner zehen
dünnes gras streift
das schuhe sonst
zertreten

um nicht wie ihr
unsere füße
taub werden zu lassen
dieses tasten von wärme
dann kühlendem nass
von trockenen blättern die
bröckeln
beim abrollen sanft nicht
zerbröckeln

dass hier noch niemand
zur spitzmaus geworden
siehst es schwarz auf weiß über
ungepflückten
walderdbeeren

zur spitzmaus die zwischen
hummel und königskerze
zwischen erde und lang geschnittenem gras
schnuppert mit herausstreckender zunge
rosa nach süße
die über schnauze
knatschende
zähnchen
rinnt

über das nasse blatt
kristalle auf ihr fell
kullern herunter
rollen wie deine ballen
frei ab

dann mitten im knatschen
das aufflitzende bild des großvaters
in seiner knielangen hose
demselben hang
zugedreht

legst dich wie er
mit dem rücken über
nachgebende hyazinthen
presst auf sie
deinen rücken
den abdruck deiner
waden

nimmst eine hyazinthe zwischen
fingerkuppen
wie der großvater die rose
seines bruders nie
gebrochen

brichst sie
wie sein hetzen
und jagen

liegst mit ausgestreckten beinen
ameisen die kribbeln über
knöchel über
wirbel

liegst mitten unter hohen gräsern
durch ihr säuseln
rechts der gletscherne berg
wie weiße seide
seine kanten
rundet

dass genau dieser blick schon
generationen vor dir
gesammelt
nach dem ersten
dann nach dem zweiten krieg

wie viele blicke er schon
gesammelt
dieser schnee
in eine scheinbare stille
wie viele er noch sammeln
wird müssen

ob du ihn je schon so gleichmäßig
schimmernd gesehen
der fortlaufend fängt
fortraufend auffängt
vor einer immer gleichen
weiter verfehlenden
menschheitsgeschichte

stehst auf aus gräsern die
sich auf deine nackte haut geklebt
genau wie die formen deines körpers
sich auf gräser gedrückt

sie bleiben zurück
deine gedrückten konturen
nur wo deine zehen
wo deine ohrläppchen gelegen
richten sich halme
gleich wieder auf

diese stille um dich
wie sie jetzt eine scheinbare geworden
nur scheinbar über sommerwiesen
über abendlichtern
von denen jedes anders
sich neigt

eine scheinbare stille aus
langsamen bewegungen
einem summen
fast pfeifen
rundherum

dass es dich transportiert
genau dieses scheinbare schwingen
diese stille wie ein sog

genau wegen ihrer luft über
gräsern
genau wegen ihres leichten
auf und ab
über ästen

nur um das schwarz zu
verwehen
weiter zu wehen
dieses schwarz das euch
damit uns alle
gebrochen

feuchter zaun und kastanie

morgenduft
der langsam wieder bespielt
sich verfängt in nasser
wäsche über
trockenem zaun

anstauende luft
in sich biegenden sommer
die kastanie mit
ersten fallenden
blättern

ihr neues gesicht
wie die neuen gesichter aller bäume
mit rötlichen knospen an
runzelnden ästen
überwachsen mit
nicht mehr unverwüstbarem
grün

die wiesen immer kürzer
einfarbig wie
das einzelne schwarze lamm

musst die landschaft von generationen
nicht mehr erlaufen
nicht mehr abstecken
bleibst nur mehr beim haus
endlich wie der großvater
reglos über
tummelndem ort

rieselst ein in ein tempo aus
gemähten wiesen
wie sie daliegen
zum trocknen

kurbelst herunter in ein tempo aus
stoppelndem gras das
seine kräfte spart zwischen
noch kletternden graden
heftigem regen

hörst das hämmern auf dächern
wie ein losgelassenes suchen
wie ein klopfen
weiterstreifender zeit

siehst wie paragleiter
sich wieder heben
von fallendem stein
aus wolkenlosem himmel
in fließen des schiffes

blüten von klatschmohn auf
deinem handrücken
zwischen fingerkuppen
zu grob für das schnalzen
geworden

kurbelst herunter zu
vorbeilaufenden kinderstimmen
in ihnen der spiegel
deiner jahrzehnte

folgst dranglos
diesen gewichtlosen beinen
wie sie nach maikäfern suchen
mit ihnen verfliegen

pflückst diese eine himbeere
die aus dem letzten holz des großvaters
die an der wand seines brunnenhauses gewachsen
sich aus seinen wurzeln
ernährt

pflückst diese eine himbeere
lässt sie auf deiner zunge
durch sie seine zeit
zergehen

gleitest mit dieser süße auf zunge
ein letztes mal über morgenklee
um dich an seinen zaun zu lehnen
der jahrzehnte nicht unterscheidet
sie feucht überspringt

lehnst an ihm
wie eine blume an sonne
die ihre strahlen zum atmen braucht
ihr nacktsein in luft streckt
ihre kopfstränge
unter erde

wie wir vom leben der pflanzen
nur die hinterteile sehen
nicht aber ihr unterirdisches netzwerk
ihr unterirdisches kommunizieren
wie alles zusammenhängt
ober und unter der erde

schließt deine lider gegen licht
wie um pollen weiterzutragen
nicht zu
ersticken

wie eine blume von
licht berührt
leben
verwandeln

als blume
sonne schlucken
um luft auszuatmen
luft die ohne berührung
verschwindet

das atmen der blume
abhängig von streichelnden strahlen
ein zirkulieren von
nehmen und geben
ohne beginn

luft die sich ohne uns
weiterbewegt
nicht aber ohne licht

ohne licht kein atmen der blume
ohne atmen der blume
keine luft

stehst auf um
an gelben margeriten zu riechen
deren wurzeln noch
vom großvater gesetzt

merkst dabei wie alle erinnerungen
im fleisch deiner lippen in
ansätzen deiner haare
zusammenlaufen

nach all den phasen des heranschreibens
an die fähigkeit herunterzuschlucken
ganz still
alle erinnerungen
in zwei motiven

in kastanie und zaun
die allein
die ganze geschichte
tragen

es ist ein ausgehen von jetzt
dieses zurückkehren
in synchronen tempi zur kastanie

fragst zu welchen schritten
sie schon gebebt
wie oft sie schon ihre weißen blüten
geworfen

was ihre hundertfünfzig jahre oder mehr
zu erzählen
ihre baumringe
welche stimmen sich auf sie gelagert
welche sanften
scheppernden töne
das schaukeln ihrer blätter in abschied
ihre krone hinauf
so offen wie wolken
leicht wie flugstreifen
ziehen

Sie kommen wieder, klingen weiter durch die Blätter, die Sätze der Großmutter zur Kastanie: *Na, bist du aber gewachsen.*
Was du schon alles gesehen.

wie ihre schwebenden äste
als arme
sich um dich legen
wie ihr dastehen ihre wurzeln
aus luft
aus erde
immer höher
immer tiefer
wie sie uns immer weiter
zu geschichtsträgern
formen

die äste der kastanie als
arme von geschichte
die sich nach oben verzweigen
mit allen szenen allen schatten
von krieg und einrücken
fallen und flüchten
heimkehren und gefangengenommen werden
wieder heimkehren
sich sammeln

die wurzeln der kastanie als
zehen von geschichte
die sich nach unten verzweigen
mit allen szenen allen lichtern
von danach
vom kaffeetrinken und
zeitungslesen
in strecksesseln
schlummern

sie treffen sich
diese zwei arten von szenen zwischen
kastanienästen und wurzeln
armen und zehen
sie laufen zusammen
das aufschrecken und
ausstrecken
quer über grenzen
zu einem jahrhundert

durch alle generationen hindurch
ob mit mehr leichte
mehr schwere
aber von anfang an bis jetzt
die kastanie hinweg über
streuende szenen

so lange ihre äste immer länger
nach oben
ihre wurzeln immer länger
nach unten
weiterwachsen

so lange ihre blüten
wieder blühen
werden bilder sich in
gegenwart tragen
ihre schatten sich vergrößern
ihre blätter sich erneuern
aus immer gleichschmeckendem saft

durch ihre dicken arme
die moosbedeckt sich nicht regen
das flottieren nur das
wellen
von einzelnen fingern

durch ihr flottieren
beruhigt sich dein aufwühlen im
ort von kindsein der
auf der zunge
zwischen nasenhaaren
haftet

es ist wie ein ausgehen von jetzt
dieses zurückkehren
in synchronen tempi zum
trockenen holz des zaunes

das feuchte leintuch darüber
wie stark die sonne der hausmauer
an ihm zieht

wie sich die wäsche spiegelt auf
holzbrettern des hauses
wie ihre feuchte wolle
brummende wiesen
in sich saugt

wie zaun und wäsche
sich aneinanderschmiegen
sich ineinanderduften

wie das trockene holz
sich vollsaugt
mit nass
die gewaschene wäsche
mit trockenem holz

wie in beide sich aufwachen
von schafsgarben
mischt

wie regen ganz leicht
in hängende wolle
fällt
ihre wasserkörper
ineinanderfließen
dabei noch mehr luftraum
entsteht

vor dem feuchten zaun
ein wandern von silhouetten
das seewasser in ihnen
von überall sein geruch

plötzlich trockener sturm
der durch wäsche stößt
wie sie sich aufbäumt
dir entgegenweht

im wehen der trockenen wäsche auf
feuchtem zaun
wärmende holzbretter nach
schwimmen
ausbreiten von sommer
auslüften von schweiß

im nachwehen der trockenen wäsche
die schneeweißen haare der großmutter
ihre dünne haut
wie sie die kluppen entfernt
zurück in den korb
die getrocknete wäsche abnimmt

wie auch du sie durchschüttelst
dann hereinholst
mit bloßen zehen
durch kühle zwischen regen

es ist ein zusammenlegen von
wiesenduft
ein einwickeln darin
ein raumbleiben von vergangenheit
ihr weiten zu

gegenwart die sich fortschreibt
aus vergangenheit
von der du nicht gedacht
dass du nochmals
als seidenhaut
über sie laufen wirst

über wie vom großvater gemähtes gras
seine stechenden
koppeln
wie widerstandslos
deine ballen
über es gleiten
wie es auf ihnen
nach frische
nach zeithaben
riecht

wie sich licht
zwischen deine finger bremst
deine wirbel
wandelt

spürst wie festgezurrte bilder aus
aufstoßenen zeilen
die automatisiert und
gemordet
wie sie sich e n t z u r r e n

musst nicht mehr herunterwürgen
auch nicht abwürgen die fallenden
treppen die roten
schneeflocken
den rahmen seine
rose davor

dass sie sich nicht widersprechen
die trockenen kreuze die
holzpritschen und
der laue sommerabend
am unbeirrbaren see

um dich pferde in schwarz
weiß
grillen
ob sie dann sterben unter
dem regen
schafe die man nicht sieht
nur das blöken
ihre glocken

dass auch diese radikale ruhe
eine übertragene
als gegengewicht
als ausgleichende hand
zwischen kreisenden kriegen

einträpfeln
ohne weiterzutreiben
in deinen ohren
das gedicht der urgroßmutter
vom *rosafärben*
vom *flüstern* der trisselwand
du loser

wie sich an der trisselwand
nilpferd und krokodil
das heißt die schattenköpfe von
loser und sarstein
wie sie sich anpirschen
sie ihre münder
einander entgegen
spitzen

wie dabei das krokodil immer mutiger
das nilpferd immer größere augen
wie dann auf dem see
ihre rosarote spucke
treibt

bis ihre lippen
am letzten sonnenfleck des ufers
aufeinandertreffen
den letzten lichtfleck schlucken
sich verschlingen

wie sie nach und nach
dann immer schneller
gänzlich ineinanderschmelzen
zu einem einzigen
anschwellenden
schattenkuss

wie ihre schattenküsse
abrundende nacht
einleiten
um sich alles schwarz
schließen

dem eigenen nichtsehen
entfliehen
auch dich

in ihre blicklosigkeit
rinnen

wassermann und brustwarzen

wind vor gewitter
der nach schafswolle
riecht

der sich den ganzen tag
mal schon mal
mal nicht
verkündet

dann endlich der nasse sturm
schafe die ruhig weiter
grasen
nicht unter bäume
fliehen

während du noch läufst
rund um das haus mit
brustwarzen die
stechen aus tau

läufst durch regen
um noch mal zu riechen
wie seewasser
über deine haut

um noch mal zu sehen
die felswand
auf die du treibend
gesehen

um noch mal nachzuspüren
die kühlen hände des
wassermannes
wie sie in dich gedrungen
wie dabei die spitzen deiner brüste
aus dem wasser
geragt

wie kalte wellen sich
an dich geschmiegt
dabei deine brustwarzen
gestochen

wie du hinuntergeschwungen
mehrmals
mit nixenflosse in die höhe
spritzend
in tiefere arme

um in schichten wieder aufzutauchen
den eisigen strahl
in dich schießen zu lassen
wie er bald wieder höher
wärmer
gezischt

wie deine gedanken dabei
verflogen
du auf warmem stein wie
ein schmetterling zum trocknen
deine flügel gespreizt

wie du gepresst deinen rücken auf
auffangenden felsen
die zehen übers wasser
richtung abendsonne
gestreckt

wie du beim schließen der
augen nicht gesehen
ob es wellen von licht oder
wasser
die auf deinen lidern gedreht
oder ob es licht das
von wasser reflektiert

beim öffnen wieder der augen
w a s s e r l i c h t w e l l e n
auf oberschenkeln
wie sie dich berührungslos
gekitzelt
wie die sonne an deinen wimpern
deinen wangen gezogen
wie sie deine haare trocken
geküsst

wie du dir dabei diesen gelben bademantel
zurückgewünscht
mit seinen weißen tupfen
den du als kind getragen
auch hier:
in zweiter generation

wie es immer dein liebster moment
wenn du aus dem wasser gestiegen
dich gehüllt in
seinen aufgerauten stoff

warst jetzt wieder in diesem rieseln
zwischen kalt und warm
zwischen trockenen socken
über nasse zehen

wieder in diesem rieseln
aus schwimmender haut
tropfen aus luft

dass es trotz allem noch
dasselbe aufwärmen
derselbe körper müde vom
wechseln
dieselben sommerhaare
hell vor
licht

dasselbe rieseln wie
pulsieren
mit dem unterschied nur

deiner spitzen brüste
die sich aus wasser
gehoben

innere räume

Dass sie ein Heft angelegt, erzählt sie, die Großmutter. Sagt sie, als würde sie sich schämen. Dass sie jedes Zimmer einzeln beschrieben. Um nicht bewusst, sondern unbewusst, aber doch: um Innenräume vor langsam sicher sickernder Sanduhr zu bewahren.

Denkst, dass ihre Hülle aus dreiundneunzig Jahren jetzt immer wieder, immer mehr zu bröckeln beginnt. Dass ihr Heft dieselbe Geste, sogar intimer als deine, als dein Abfotografieren damals von jedem Zentimeter Raum. Als dein Klicken damals ohne hinzusehen, ohne durch die Linse zu zielen um
schnell und schmerzlos
festzuhalten

Ihr Heft, um jederzeit abrufen zu können, auf Abruf. Die schwindenden Gerüche und Berührungen
die geschmäcker und verhallenden
stimmen

Gleich vorm Eingang die fünf Stiegen mit wackelndem Geländer, das immer frisch braungelb gestrichen. Gleich nach dem Hinaufgehen über die fünf Stiegen die untere Veranda aus Holz, die bei jedem Wetter eine Milderung. Bei Trockenheit ein Vorschmecken von Feuchte, bei Regen von Trockenheit. Bei Hitze ein Vortasten von Kühle, bei Kälte von Wärme. Die Veranda als schwebender Raum aus Warten und Durchziehen. Aus Wunsch und Ankommen. Als schwebender Raum, in dem nichts einen festen Platz, in dem nasse Schuhe, Regenschirme sich aneinandergereiht. Links unter Spinnweben das Tischchen, der Salzstein darauf, über den die Rehe im Winter geschleckt. Darüber die ausgetrockneten Schmetterlinge, die sich zwischen Fäden verfangen, die versehentlich eingesperrt, dann nicht mehr herausgefunden.

Wie die Großmutter immer wieder einen Schmetterling befreit, der noch gezappelt, der manchmal sofort aus der Tür geflogen, manchmal seine Flügel schon zu verklebt. Wie die Großmutter immer wieder gefragt, wieso der eine Schmetterling es geschafft zu verfliegen, während der andere verfangen geblieben. Wieso der eine weitergelebt, während der andere zerfallen.

Wie in diese untere Veranda die rote Katze der verstorbenen Nachbarin im Winter sofort hineingehuscht. Wie du sie nur in der Veranda streicheln durftest, zwischen noch kalt und schon warm. Aus Angst vor schlimmstmöglichen Situationen. *Was, wenn die Katze sich im Haus verkriecht, man sie dann vergisst.* Wie schon einmal, als die Großmutter mit der toten schwarzen Katze vom Dachboden gestiegen. Wie sie die Katze am Schwanz getragen, sie hin- und hergebaumelt, wie damals, mit dem Anhänger über die Kurvenstraße: hin und her. Wie damals, mit der Schwester, ihrem toten Körper.

Wieder ein Bild, das sich festgesetzt. Das fortgelaufen in deinen Arten zu denken. Immer, was passieren hätte können, passieren könnte, ist jetzt vorbei.

Nach der Veranda der Vorraum, mit der dunkelgrün strömenden Feuchte vom Boden. Er ist wieder vor dir
wie unter deinen zehen
dieser dunkelgrüne boden des
vorzimmers

er strömt wie vor dir
wie unter deiner nase
sein feuchter geruch nach
kalter mauer

der tisch gleich beim eingang
mit großem feldstecher
schwarz

der bleiche stoff weiter hinten
der d u r c h g e s e s s e n e n bank
zum schuhe binden vor
verdunkelndem spiegel der
kleine bräunliche kamm die
rote taschenlampe mit
braunem tesaband
rundherum die
zerfallen die
niemand
ersetzt

Vor dem bleichen Stoff der durchgesessenen Bank der raue, braune Teppich. Wie die Socken sich in ihm verhangen, wie sich bei der Reibung deine Haut gespannt, deine Kopfhaare aufgestellt. Vom Gang aus rechts die Küche, in der

Großmutters Säcke mit Brot, die sie gehängt über den kachelofen
um das brot zu schützen
vor mäusen

Die Küche mit dem großen Esstisch, die Eckbank rundherum mit dem gestreiften, ebenso durchgesessenen Stoff. Am Ende des Tisches, Richtung Loser, im Rücken der Dachstein, der Großvater auf seinem isolierten, thronenden Stuhl. Sein Vorsitz, breit, gleich neben der Kaffeemaschine, immer vor-, immer nachtröpfelnd.

Hinter der Küche weiter die Tür zur Speis, immer ungeheizt. Die Speis mit den gelagerten Milchpackungen. Mit dem gesammelten Altglas, den gestapelten Kisten. Mit dem Schrank aus Glas, zu dem du immer wieder hineingeschlichen, auch hier: in zweiter Generation. Geschlichen auf Spitzen von Socken wie schon der kleine Vater, die kleine Tante, um heimlich Kekse zu holen, bis dich das Knarren der Türen verraten.

Gegenüber die Bauernstube, auf der anderen Seite des Gangs. Wie es dort nach Holzboden gerochen, aus seinen Spalten wie nach frisch umgesägten Bäumen. Zwischen schweren Kästen, deren Laden sich nicht geöffnet in ihrer abgestandenen Luft. Die abgestandene Luft vor den immer geschlossenen, doppelten Fenstern. Zwischen den immer geschlossenen Fenstern die filetierten Steine des Großvaters, die sich in Staub und Abendsonne verfärbt, in einen violetten bis grünen Stillstand hinein.

Hinter der Bauernstube, das Sowjetparadies, wie der Großvater das Kämmerchen ohne heizenden Körper genannt. Ohne Gas, mit einem schmalen Drahtgestell als Bett fast wie Pritschen. Also fast wie die Holzpritschen, denkst du jetzt, des Urgroßvaters. Bloß hier, zwischen den Stäben, eine durchhängende Matratze. Dass der Großvater es vielleicht gebraucht, immer wieder, dieses Drahtgestell. Fast wie um etwas aufrechtzuerhalten. Um etwas fern in Erinnerung zu halten. Aus eigenem verschlossenem Jungsein seinen Vater zu verstehen. Hast immer überlegt, wie der Großvater sich nicht gefürchtet so allein, ganz unten beim Eingang, an dem im Fasching die Berigln geklopft.

Direkt über der unteren, die obere Veranda, die ihr gemieden. Im Sommer zu stickig, im Winter nicht zu heizen. Die obere Veranda mit dem besten Blick des Hauses: rechts der Dachstein, links der Loser, geradeaus der See, dahinter die Trisselwand. Dass ihr nur darin, wenn milde Herbstsonne sich hineingelegt. Oder wenn sommerliche Regentage die gestaute Hitze zu Wärme gedämpft. Immer wieder ganz kurz, wenn du abends auf den Vater gewartet: wie du dann immer wieder ein paar Minuten darin verbracht, den Bewegungen der Lichter folgend. Den fahrenden Lichtern auf der Schlangenstraße in den Ort hinein. Vereinzelt, die Scheinwerfer um die Kurven. Jedes Mal, bei jedem Sprühen von Licht, weiß auf den Asphalt, dein Aufspringen, ob es schon er.

Erinnerst dich an Quartettabende mit den Großeltern in der oberen Veranda, wenn Sommerregen Hitze zu feuchter Wärme gedämpft. An das Quartettspielen als euer lockerstes Beisammensein. Als Momente, endlich, die ihr aus Lachen, einander zulachenden Augen geformt. Um deinen Mund noch der Geruch nach alten Karten, abbröckelnden Fensterrahmen aus trockenem Grün. Noch der Geruch in Mundwinkeln nach dem Kirschbaumholz des Tisches, dem weißen runden Tischtuch, mit Tagessonne gefüllt.

Hinter der oberen Veranda der Nachgeschmack zwischen Zähnen von der großen Haselnussvollmilchschokolade, von der jeden Abend nach den Nachrichten die Großmutter und du eine halbe Rippe, der Großvater eine ganze. Wie die Großmutter nach dem Verteilen der Rippen die Schokoladepackung sofort wieder verschlossen. Erinnerst dich, wie du sie ein einziges Mal weitergegessen, untertags. Wie du den Gummi, der dreimal um die Packung gewickelt, heruntergerollt, dann gleich zwei drei vier Rippen auf einmal gegessen. Wie du die Packung dann wieder zugemacht, den Gummi wieder dreimal rundherum um Hände zu verwischen. Wie es der Großmutter am Abend sofort aufgefallen, wie sie dich angeschaut. Dann kein Kommentar.

Gleich hinter dem Tisch mit der Haselnussvollmilchschokolade das Schlafzimmer, das niemandem gehört. Das ein Durchzug von anonymen Generationen. Dass zunächst die Urgroßmutter darin geschlafen, erzählt die Großmutter. Dass dann der Vater, später die Tante, wieder später du selbst. Dass du, als du älter warst, gewechselt in dieses große, schiefe Bett neben dem sich wölbenden Kasten. In dem der Vater seine zu eng gewordenen Glockenhosen bewahrt, immer aufbewahrt, immer noch aufbewahren würde. In dem er seine Jugend bewahrt, immer aufbewahrt, immer noch aufbewahren würde. Seine Jugend aus grünen Kniestrümpfen, zu kurz, aus grün-weiß gestreiften Hemden, zu knapp. Der gewölbte Kasten, in dem seine sich nie verbrauchende Flasche Spanisch Leder. Dass du dich damit eingetröpfelt zum Entsetzen der Großmutter, mit diesem männlichen Wasser.

Im Türrahmen des anonymen Schlafzimmers die Einkerbungen mit dem Messer, das jeden Sommer deine Körperlänge markiert. Das Messer, mit dem der Vater jeden August deine veränderte Größe, deine Initialen, das Datum der Messung geritzt. Bis zur Volljährigkeit, genau wie im Türrahmen gegenüber, also vorm Zimmer der Großmutter, wo eingekerbt die Wachstumsschübe des Vaters, der Tante. Lange nichts, dann urplötzlich: übersprungene Zentimeter. Wie sie versuchen, diese Einkerbungen, Jahre und Kleinheit festzuhalten. Ihr Wunsch in Fingerkuppen: für immer.

Die Einkerbungen des Vaters, der Tante in der Schwelle zum großen Zimmer, mit dem noch größeren Bett. Das in der Früh, nach dem ersten Öffnen der Vorhänge, der Fenster, Richtung Dachstein geblickt, wie beim Zuschieben, jede Nacht. Das große Zimmer, in dem die Großmutter geschlafen, allein. Die Kommode neben dem Fenster, auf der ihr Schmuck des Tages, abgelegt für die Nacht. Auf der ihre Cremen aneinandergereiht. Davor ihre Kleider, die vom Deckenbalken heruntergehangen, über dem Kachelofen schaukelnd. Ihr Auslüften gleich hinter der Tür, gleich neben dem Kasten aus Rosengravuren.

wie sich gegenstände darin verschwimmen
schon verschwommen
wie er dagegen bleibt
weiter in dich schießt
dieser duft
wenn du zur großmutter gekommen
nach ihrem körpercremen
in der früh
am abend

dieser ihr duft von ordnung
sanft einsaugend
in rissige haut
so schnell geblutet

dass du ihn sofort aufkaufen würdest
denkst du
also diesen geruch der großmutter
wenn er zu kaufen wäre

Der Großvater, der zwei Zimmer weiter hinten geschlafen. Also noch hinter dem Zwischenraum, in dem nur ein Bügelbrett, ein Kasten mit Dirndln und ein leeres Gitterbett gestanden. Im Gitterbett das Sammeln von zusammengeknüllten, schmutzigen Leintüchern. Das Zimmer ganz hinten, in dem der Großvater geschlafen, das kleinste, mit dem kürzesten Bett. Obwohl er der Längste der Familie. Vielleicht, weil es so abseits. Vielleicht, weil es direkt über dem Sowjetparadies, also über dem kleinen Kammerl, ganz hinten im Erdgeschoss. Jedenfalls seine Füße, die immer aus dem zu kurzen Bett geschaut. Manchmal hast du das gesehen, wenn du am Weg zum Klo ganz kurz durch seine spaltbreit geöffnete Tür gespäht. Vermutlich hatte er sie nicht ganz zugemacht, für etwas kühle Luft hinein. Hast gesehen, wie seine nackten Zehen hervorgestanden, über das Bett hinweg, aus der Decke. Denkst, dass ihm vielleicht wie dir, immer zu heiß auf den Zehen unter der Decke. Dass er sie gerne so hinausgestreckt in die Luft, so baumeln hat lassen über dem Boden. Wie du auch manchmal in diesem kleinen Zimmer geschlafen, wenn der Großvater in das Sowjetparadies ausgewichen. Dass für dich das Bett genau richtig lang. Dass du die Tür immer zugemacht. Dass du sie nicht ertragen hast, in der Nacht, diese Nähe zum Gang. Zu diesem rauen roten Teppich, auf dem die Socken gescheuert, sich verzahnt. Auf diesem rauen roten Teppich, der sich vom Bad bis zu den Stiegen, dann zur Dachbodentür gestreckt.

Merkst, wie keines der Zimmer wirklich jemandem gehört, wie sich keine einzelnen Gesichter in sie geprägt. Überall ein Durchzug, kein Verweilen, kein Aufbauen. Immer ein wie fremdes, dankendes Benützen, Mitnützen. Immer wie ein Überlagern von Tönen der vorhergehenden Person. Ein sich Hineinlegen in schon Angestimmtes, dann ein Verstimmen davon. Dieses Verstimmen, das sich durch das Haus gezogen als Verstimmen von Stimmungen.

Dafür wie ein Symbol dieser große hölzerne Flügel im Salon mit den immer, den schon seit Jahrzehnten gelblich verfärbten Tasten. Über die schon der Großvater mit seiner Schwiegermutter vierhändig gelaufen. Unter den sich verfärbenden Tasten die Puppen der Großmutter, mit denen später die Tante, dann du gespielt. Die Puppen, die weitergegebenen, die ihr mit denselben Kleidern bekleidet, mit denselben Wägen geschoben. Die dann alle wie ohne Gesicht mit ihren Kleidern, ihren Wägen auf der Müllhalde gelandet.

Gegenüber dem verstimmenden, sich immer weiter verfärbenden Flügel der Kamin, in den der Großvater das Holz geschlichtet. Wie sich durch das Umrühren von Feuersteinen, in seinem Knistern, Klänge von Ankunft in den Raum gelegt. Ankunft wie unter dem gelben Licht, das sich aus der Stehlampe über den Lehnstuhl gebreitet.

Zum Schluss der Raum ganz oben, zu dem du am meisten Bezug. Der dir am meisten fehlt, obwohl du fast nie darin. Obwohl du fast nie in diesem Versteck des Großvaters gewesen, das er selbst über viele Jahre am Dachboden gebaut. Warst fast nie in diesem geheimen Kammerl am Boden, in den er als Einziger der Familie abtauchen durfte. Dass du vielleicht trotzdem, erst recht, genau diesem Kammerl nachrennst. Genau diesem Raum, der über allen anderen, in den niemand eindringt, zu dem niemand anderer einen Schlüssel gehabt.

dass du genauso
als echo des großvaters
einen abgeschlossenen raum suchst
nicht aus holz sondern tasten

also genauso wie der großvater
schlägst, streichst
in einen sog
wie noch im echo
abseits gerätst

wie ein echo das sich weiterleitet zum urgroßvater
seinem sägen
trotzdem, erst recht im
grauen haus

immer noch weitergegeben
sein sägen
über den großvater zu dir
über schleifen zum
schreiben

immer noch
weitergeben sein kämpfen
trotzdem, erst recht
vom urgroßvater bis zu dir
gegen innere wesen

crescendo decrescendo

hast mir immer gesagt großmutter
dass der krieg noch
schlimmer

hab dir gesagt klar
aber dass er so lang vorbei

hab dir gesagt ja
aber dass ich jetzt trotzdem
deine arme brauche

dass du mich nicht
verstehst

jetzt großmutter leider
verstehe ich dich
allzu sehr

krieg
war für uns ein wort von dir
ein wort aus vergangenheit

krieg
war für uns ein wort

graviert in stein und
marmortafeln

ein wort
von anderswo
nicht bei uns
weit weg

jetzt wieder fleisch
geworden

Quer durch die Alpenpost fallen sie wieder, fallen sie weiter: Schäfchen und Wehrversammlung, Führung und Führungswechsel, Ehrennadel und Freudentag. Dazwischen fallen sie weiter: Atemschutzleistungen und Jugendarbeit, Kommando und Heimkehr, Demokratie oder Nichtdemokratie. In der Schlagzeile das Spalten der Bevölkerung, dazwischen einzeln, vereinzelt, das Einfordern von Freiheit. Mehrmals kommen sie wieder, die Faschingbriefe und Kameradschaft, der Einsatz und das Durchhalten, die Ehre und Treue für immer das Beste, für Visionen von Zukunft, gemeinsam für Großartiges, um vorbildhaft zu meistern, körperlich wie geistig belastende Einsätze.

Quer durch die Alpenpost fallen sie wieder, fallen sie weiter die Beförderungen auf der Drehleiter in den Mitgliederstand, die Verdienstzeichen für gelebte Bereitschaft, für hervorragende Werte. Klingt sie weiter die begeisterte Bläsermusik, die begeisterte Bergmannsmusik, in Würde für goldene Pokale, für Nachhaltigkeit und Zukunft, für ein gutes Leben, das hochgehalten in Gipfelstürmen, gesegnet mit weißem Gold.

Quer durch die Alpenpost fallen sie wieder, fallen sie weiter die Begriffe von legendär und attraktionsreich von hochkarätigen Höhen und Engagement, von Geschicklichkeit und Kompetenz, von Vereinen zur Erhaltung umfassender Normalität. Zur Erhaltung umfassender Normalität durch Spaß an Stocksport und Regimentsmarsch.

Es ist ein Zurückschrecken vor Unterwelten, ihren fulminanten Aufstiegen. Ein Zurückschrecken vor eingeweihten Eisklangkonzerten im Parsifaldom, seiner faszinierenden Riesenhöhle mit ferngesteuertem Bein.

Es ist ein Hin-und-Her zwischen Idylle und Täterschaft.
Zwischen Abseits und seiner Vermarktung.
Zwischen Seebrechern und Sommerstürmen.
Zwischen *crescendo*
decrescendo

Es ist ein Hin-und-Her zwischen scheinbarem Verklingen und Wiederaufleben von Methoden, die den gefallenen Bruder weiter fallen lassen, ist schon wieder
gefallen.

Es ist ein nie ganz Verebben, dann Fluten von Methoden. Von Methoden, die Normalität von Frieden in Normalität von Krieg wandeln, urplötzlich,
über Nacht.

Von Methoden, die sich nicht nur wiederholen, sondern die haften bleiben im Boden unter Zehen. Die sich mehrmals wenden, immer und immer wieder, nie vergehen. Die

wiederkommen genau dann, wenn wir meinen, sie seien
ganz sicher
verschwunden.

Von Methoden, die sich nicht einmal fortlaufend wiederholen, sondern gar nie erst schwinden. Die sich drehen, immer weiter.

haben nicht angst
sind schon
gelähmt

sind schon wieder taub
von einem einzelnen hass
einem einzelnen wahn

der unsere tanzenden glieder
unsere arme greifend nach luft
durchpflügt

über den platz
laufende kinder

jetzt wieder
zu weglaufenden

Sofort der Gedanke, wohin du jetzt bist, Schwammerl am Waldrand über dem See. Sofort der Gedanke, dass wir jetzt nicht mehr zu dir fliehen können.
Und dann, wie du dein Gesicht so oft verloren, wie du dein Gesicht weiter verlierst, ehemaliges Lazarett. Durch deine

immer weiter ausreißenden Arme. Durch deine vielen Mäuler, deren Zungen gierig über salzigen Stein schlecken, immer schneller, um möglichst feucht zu werden, dabei zu vertrocknen.

Wie du dein Gesicht so oft verloren, wie du dein Gesicht weiter verlierst, indem du immer weiter hiebst und kerbst in Haut hinein, tief darunter: bis kein Klatschmohn mehr da, um blassrosa zwischen Fingern von Kindern zu schnalzen.

Bis eure Arme über violette Stacheln von Disteln gewalzt. Bis sie unter euren Reifen in Beton gepresst. Zerdrückt wie Schmetterlinge, wie unsere Regentänze zwischen Huflattichen, Sonne hinter Wolken entgegen.

Es ist ein Hin-und-Her immer durch
führende dann durch
kaufende
riesen

Von Riesen, die Ställe zu Garagen, Wiesen zu Wellness formen.
Riesen, die über aufgeworfene Erde von Maulwürfen fahren, die Schneepölster zusammenschmelzen, auf die wir aus Kinderzimmern im zweiten Stock gesprungen.

Es ist ein Erschließen, ein Zubetonieren von Moos im Namen lebenswerter Tendenzen. Es ist ein Hochheben von Lifestyle-Diskursen, von nachhaltigen Methoden, die immer schneller niederwalzen. Die Sümpfe baggern, ihren Atem verlegen.

von methoden die immer schneller schießen
zwischen das schweben von dohlen
von gipfelruhe
über allen wipfeln
bald keine
bald wieder keine spur
Bist gerade noch rechtzeitig wieder gekommen, jetzt wo
noch ein Rest von Moos,
von Licht über Nadelwaldböden.

gerade noch rechtzeitig
um vor dir bergwellen unberührt
sich aufschlagen zu sehen
als abdrücke von rauschendem meer
das säulen formt
für unsere wege

gerade noch rechtzeitig
zwischen rasende panzer
um nochmals diese gesichter zu fangen
um nochmals über sumpfige wiesen
zwischen dotterblumen zu steigen

es ist ein pendeln zwischen liebe und hass
tempo und
stillstehen
zwischen gefundenem ankommen
wachsendem verfremden

diese scheinbaren gegensätze
zwischen *crescendo decrescendo*
stoßen dich gerade noch rechtzeitig
zwischen moos und licht
drängen dich zum ende ihrer geschichte

also zum ende einer geschichte von generationen
deren verschweigen der großvater schon
das fünfte jahr
unter die erde
nimmt

jedes jahr wieder wie seine letzten töne
wandeln zwischen fallenden
blättern
jedes jahr wieder
wie dein umarmen der kastanie
ein abreißen ihrer
rinde

noch einmal düfte
die sich vermengen aus
auflösendem laub
feuchter erde

gehst wieder den kleinen weg
vorbei an der volksschule
am säuerlichen geruch
der äpfel

unter apfelblättern die kreisen
in immer stärkeren wind
hinaufschaukeln
von krähen

zu sich zurücknehmenden farben
dein gehen
an wasser-
lärchen
zur jausenstation gleich beim friedhof
das alte schild vor dem eingang
hier gibt's most
sehr bekömmlich
ist noch da

sitzt als einziger gast
auf der terrasse zum see
deine arme auf trockenem holzzaun
darüber dein gesicht
mildem gelb entgegen

blinzelst immer wieder auf
leere buchten
links und
rechts

schaust noch mal auf das schiff
seinen wandelnden schleier
wie sein wasser
wind doppelt
von ockernen hängen

blinzelst noch mal auf das holzfloß am ufer
das sich wieder ausruht vom
schaukeln
springen

das wasser glatt
wie ein spiegel von ufereis
transparent
manchmal sein gelbstich
dann grünlich
weiter draußen tiefblau

lärchennadeln rollen einzeln
zwischen wellen
wie flammen im dunklen
verschwimmen

nieseln auf blätter
die tropfen wie deine schritte
weiter durch oktoberlichttunnel
durch roten buchenwald
seine hervorstechenden adern
rinde aus weiß
schwarzem
rahmen

bis du fließt an der bucht
die der großvater die
japanische genannt
in ein nachhallen von pause
auf und ab

wieder mehrmals seewasser ins gesicht
vor sich schließenden poren
jede stelle im körper
erregt

wie das tasten überall
sich erinnert
an die strahlen auf der stirn
quer durch gletscherwolken
an das halten der füße in
herbstsee
seine stechende kälte

an das rauschen des waldes
ganz leicht
über verstummenden kiesbuchten
nur dein atem

manchmal glauben nichts zu hören
bis ein windhauch
ein plätschern
stille bestätigen

leichtes regnen zu
kaum vernehmbarer musik
je genauer du hinhörst desto deutlicher
ihr klingen aus
goldenen fenstern

in dunkelblau wandelnder luft
eine plätte vorbei

die leute darin mit dicken jacken
in letztes abfahren
des jahres

aus dem großen boot steigt niemand ein
niemand aus
in dieses endlich greifbare
anhalten

zwischen steinen der seewiese
eine vergessene walderdbeere
wie mit ihr
vergangene sommer
auf deiner zunge
dünnflüssig
zergeht

willst zeit hinauszögern
nicht festzuhaltenden momenten
materialität verleihen sie
verdoppeln
real machen im
schreiben
damit dein sein sich anpasst
an das halten
um zu schreiben
an das schreiben
um zu halten

es sind gerüche
an personen gebunden
einen ort
einen moment
gerüche aus kindsein
ganz klar
nicht zu bezeichnen

geweckt von einer anderen zeit
von überall immer wieder
hierher
als bleibende
gegenwart

es sind nach so vielen auch für dich
gesichter aus felsen aus
wasser

formen die fest
immer in fluss
generationen verbinden

was passiert mit ihnen
dann mit dir
wenn sie sich immer weiter
zerflügen

zwischen lazarett wieder lager
decrescendo wieder
crescendo

können sie sich in einem menschenleben
verlieren
wenn man sie weiter stutzt
ihre knospen
durchschießt

ist es schon jedes mal
ein suchen
nicht mehr finden

und doch jedes mal
kein suchen
nur ein finden